二 見 文 庫

# 危険すぎる男

シャノン・マッケナ／寺下朋子＝訳

**Hellion**
**by**
**Shannon McKenna**

# 危険すぎる男

## 登　場　人　物　紹　介

| | |
|---|---|
| エリック・トラスク | 元海兵隊員。トラスク兄弟の次男 |
| デミ・ヴォーン | 町の有力者の孫娘 |
| アントン・トラスク | エリックの兄。ラスヴェガスでDJとして活躍 |
| メース・トラスク | エリックの弟。海兵隊員 |
| ベネディクト・ヴォーン | デミの父 |
| ヘンリー・ショウ | デミの祖父。町の有力者 |
| エレイン・ヴォーン | デミの母 |
| オーティス・トラスク | トラスク兄弟の養父。前警察署長 |
| ウェイド・ブリストル | ショウズ・クロッシングの警察署長 |
| ボイド・ネヴィンス | エリックの高校時代のクラスメート |
| レリーン・ミューア | ベーカリー・カフェの店長 |
| ジェレマイア・ペイリー | トラスク兄弟が育ったカルト集団のリーダー |

# 1

フローズンヨーグルトのマシンから振り返らなくても、デミにはエリックが店に入ってきたのがわかった。〈ベーカリー・カフェ〉のカウンター内で、仕事仲間の女の子たちが小さく歓声をあげ、興奮気味にひそひそ話しはじめたからだ。やれやれだわ。もう何週間も、彼のことでからかわれてきた。彼がランチの時間に通ってくるようになってからずっと。

そう、たしかにエリック・トラスクだった。

姿が見えなくても、彼がもたらす効果はいつもと変わらない。周囲の温度が一気に五度上がり、地球ががちゃんと音をたてて回った感じ。

また赤くなってしまった。Tシャツの胸元が薔薇(ばら)みたいに真っ赤だ。胸の谷間も。

いい加減にしなさい、デミ。たしかにかっこいいけれど、大騒ぎするほどでもないわ。

フローズンヨーグルトがカップからあふれて手にこぼれた。

デミはそれを拭き取り、彼に背を向けたまま砕いたオレオクッキーとチョコスプレーのまえに移動した。わたしは冷静よ。彼がうしろにいるなんて全然知らない。そもそも誰のこと？　店に来たのも気づかなかった。気づくわけがないわ。こっちは仕事中。すごく忙しいんだから。目標を達成するために働いている。こんなことに気を取られている場合ではない。そんな暇は……痛っ。

トッピングのテーブルの角に腰をぶつけてしまった。

サンドイッチがたくさん乗ったトレイにフローズンヨーグルトを置いていると、エリック・トラスクが視界の端に映った。デミは客におつりを渡して愛想よくおしゃべりをしたが、何をしゃべっているのか自分でもわからなかった。脳の大事な機能が職務を放棄しているみたい。

彼はカウンターから少し下がったところでメニューボードを見るふりをしながら、デミの手があくのを待った。カイアとタミが、彼の注文をとろうとシャツからこぼれんばかりの胸をのぞかせながらカウンターに身を乗り出した。

「何にしますか？」タミが尋ねた。

「まだ決まってないんだ」メニューから目を離さずに彼は答えた。

低くかすれた声。タミとカイアがまた声を殺して笑っている。ふたりとも、子どもみたいな真似はやめてよ！

デミはついに彼を見た。五感を真正面から攻撃されるのがわかっているから、おそるおそる見る。

まず、とんでもなく背が高い。低く見積もっても六フィート三インチ（約一八八センチメートル）はあるだろう。広い肩から腰に向かって引き締まった逆三角形の体。見るからにほこりっぽくて暑そうだ。ぴったりしたTシャツの下で筋肉が盛りあがっている。上腕二頭筋をおおう袖（そで）の生地（きじ）が引っ張られているのがすてき。あの筋肉をひとつ残らず指でたどりたい。自然が作り出した究極の彫刻だ。

気を抜くと口がぽかんと開きそうになる。

ダークブロンドの髪は、以前はいかにも二度目のアフガニスタン派遣（はけん）から帰ったばかりの海兵隊員らしい丸刈りだったが、いまはてっぺんのあたりが少し伸びてきている。顔はまだ、砂漠の太陽で真っ黒に日焼けしたままだ。その肌と対照的に、突き刺すような薄いグレーの目はクロームのように輝いている。目じりのしわのせいでもっと年上に見えるが、実際の年齢は二十四歳。デミのふたつ上だ。

昔から、その目のせいで大人びて見えた。デミは、高校ではじめて彼を見た瞬間にそう感じた。エリックが十六歳、デミが十四歳のときだ。彼のほうはデミの存在に気づきもしなかった。彼の目は、忘れてしまいたいようなことをたくさん見てきた。〈ゴッドエーカー〉にまつわる血も凍（こお）るような話は、長く人々の噂（うわさ）の種となっている。

当時も、彼の目に宿る悲しみは、熱く震えるような感情をデミにもたらした。胸のなかで何かがやわらぎ、痛んだ。溶けてはいけない何かが溶けた。

トラスク三兄弟に惹（ひ）かれたのはデミだけではなかった。彼らが育った異様なコミュニティーにはさまざまな噂があったにもかかわらず、ショウズ・クロッシング高校の女子生徒の多くが、たくましくてハンサムな彼らをめぐる空想を楽しんだ。噂だと、〈ゴッドエーカー〉はドラッグと洗脳、乱交パーティー、悪魔崇拝の温床（おんしょう）だったとのことだった。兄弟が、〈ゴッドエーカー〉のリーダーで〝預言者（よげんしゃ）〟と呼ばれる元デルタフォースの兵士、ジェレマイア・ペイリーから訓練を受けた殺人鬼だという話もあった。〈ゴッドエーカー〉に火を放って焼け野原にしたのも彼ら三人だという話も。

つまり、大量殺人犯たちが、化学やスペイン語や英語の授業で同級生と席を並べてノートを取っていたかもしれないというわけだ。まるでふつうのティーンエイジャーのように。

ふつうと言うにはセクシーな三人だったが。

海兵隊時代の仲間で長年の友人であるオーティス・トラスク警察署長が〈ゴッドエーカー〉の三兄弟を養子に迎えると宣言したとき、デミの祖父は驚愕(きょうがく)した。あの子たちには家が必要だ。オーティスはそう言い張った。彼らをばらばらにしてはいけない。野放しにするのは危険だ。ほかに彼らを引き取るという者が現われるとは思えない。

やめたほうがいいと誰もが言った。少年院に送るべきだと。デミの祖父は必死になって説得しようとした。はたで聞いている人がいたら、火を吐く悪魔の使いのことを話しているのだと思っただろう。デミは、祖父があの三人は堕落した社会不適合者に違いないと言っていたのを覚えている。異常な育ち方をした兄弟をふつうの子たちと一緒にしようなんて、学校はなんと無責任なのだ。自ら災難を呼び込むようなものじゃないか。

だがオーティスの考えは変わらなかった。兄弟はオーティスの家に引き取られ、高校に通うようになった。

数々の噂はあっても、デミは事あるごとにエリックを見つめるのをやめられなかった。彼の頬骨(ほおぼね)、たくましい肩、力強い顎(あご)、セクシーな唇。そしていま、彼は当時よりさらにハンサムになっている。さらに大きくたくましく、頑丈(がんじょう)になっている。

さっきまで極上の笑みを浮かべていた彼は、いま真っ白な歯を見せて笑っていた。唇の両端が、頬に長いえくぼのようなくぼみを作っている。

「大丈夫?」何度目かの問いかけのようだった。彼の体が発する熱が伝わってくる気がする。男性ホルモンの嵐にさらされ、頭のなかが真っ白になった。デミはなんとか息を吸った。それで助かった。

「えーと……ええ、大丈夫」デミは笑みを返した。「何にします?」同じ質問、まだしていないといいのだけれど。下手をすると、もう注文も聞き終えているかも。

彼の笑みが広がった。「好きにしていいから、びっくりするようなのを頼む」

「わたしの腕を試そうとしているの?」

「ああ」

デミは見くだすように彼を見た。五フィート四インチ（約一六〇センチメートル）のデミにとってはなかなか大変だ。背伸びをし、顎を高く上げなければならない。「受けて立つわ」

カイアが、ライ麦パンを二枚取ってサンドイッチバーに向かう途中、デミの脇をすり抜けざまにささやいた。「好きにしてですって。わたしだったらあっという間に服を脱がせちゃうわ。ときも場所も考えずに」

「具はたっぷりね」タミが、ドリンクの伝票を手にして横を通りすぎながらささやいた。「ソースもケチケチしないこと。ソースがたっぷりかかっていれば、塩のきいた熱いお肉の滑り（すべ）りがよくなるからね。わかるでしょ？」

「やめてよ！」デミは頭に来て小声で言った。

「何がいいと思う？」とタミはカイアに尋ねた。「マヨネーズ？　それともハーブ入りのフレンチドレッシングかしら？」

「牧場風（ランチ）ドレッシングに決まってるでしょ。それをたっぷりかけるのよ」

「いいかげんにして」デミはぴしゃりと言った。「忙しいんだから」

「はいはい」

デミはふたりを意識の外に追い出し、歴史に名を残す第一級のサンドイッチ作りに専念した。あの見事な体の燃料となるのにふさわしいサンドイッチ。ディル入りバターで焼いたライ麦パンに、コショウたっぷりのローストビーフととろりと溶けた分厚いペッパージャックチーズを乗せる。その上には、焼いた赤ピーマンを数切れとジューシーなトマト、やわらかいサラダ菜。うずたかく積みあげたフライドポテトとデミ特製のコールスロー。それに、フルーツ入りハーブティー。

「ピクルスも忘れないでね」タミがうしろから声をかけた。「太いのを一本」

そちらに向けて中指を立ててから、腰でスイングドアを押し開き、自信作を乗せたトレイを運んだ。今度は絶対に赤くならないわ。熱い鉄板に向かって奮闘したところだから顔がトマトみたいに真っ赤になっているけれど、それはほんとうに仕事のせいよ。そうじゃないなんて誰にも言わせない。

デミはエリックのまえにサンドイッチを置いた。「どうぞ。デミ・ヴォーン・スペシャルよ。値段はローストビーフとチーズのサンドイッチと同じにしておくけど、特別にいろんなものを乗せたから。一緒にグリーンティーとライムとクコの実のドリンクもどうぞ。心臓のチャクラのバランスを整え、抗酸化物質を増やして電解質を補ってくれるわ」

クロームのようなシルバーの目が、デミの体をすばやく上から下まで見る。「おいしそうだ」低くかすれた声が、デミの全身の神経をやさしくなでた。「特製サンドにしてくれてありがとう。見るだけで心臓のチャクラが活性化してる」

デミは微笑(ほほえ)みながら、かわいげのある気の利いた言葉を言おうとした。だが、何も出てこなかった。

彼がふたたび口を開いた。「きみに言いたいことが――」

「デミ！」彼の言葉をさえぎって、ボスのレリーンが厨房(ちゅうぼう)から叫んだ。「ちょっとこっちに来て！」

「すぐ行きます」ぎこちなくあとずさりしかけてからはっと気づき、彼に背を向けて堂々と立ち去った。ふつうの人がするように。

厨房に入ると、白髪交じりの三つ編みを頭頂部で冠のように巻いているやせぎすのレリーンが紙ばさみを渡してきた。「貯蔵室の在庫チェックをしてちょうだい」

「在庫チェック？」デミは思わずエリックのほうに目をやった。

レリーンはそれを見逃さなかった。「彼の会計はタミかカイアに任せればいいわ。自分でお店を持つようになったら、地味な仕事もやらなきゃならなくなるからね。慣れておかなきゃ」

「それはそうですけど、忙しいお昼どきに？」

「必要なら、わたしが彼女たちを手伝うから。それから、わたしが口出すことじゃないのはわかっているけど、彼はやめたほうがいい。仕事中にさぼって色目を使わないで」

デミは腹がたった。「そんなこと！ さぼってなんかいません」

レリーンの口元がこわばった。「彼には近づかないこと。災いのもとだからね」

「人にとやかく言われたくありません。だいたい、なぜそんな――」

「わたしの兄は〝預言者の呪い〟に殺されたの。知ってた？」

デミはあっけにとられて相手を見つめた。「レリーン。まさか、あの古い噂を信じてるわけじゃないでしょう？ ただの悪意のある作り話なのに。都市伝説ですよ」

レリーンは肩をすくめた。「十二日間で十四人が亡くなったのよ。それも、ジェレマイアが申請した新しい建物の建築許可を兄のダリルが却下した直後に。あの男は、ヘラジカのけもの道の真ん中に建てたいと言ったのよ。ダリルは却下した。そして翌日亡くなった。これでも都市伝説だというの？」

「自然死だったわ」

「そうよ」とレリーンは言った。「ダリル以外にも、預言者を怒らせた人たちみんながそう。ほんの短い期間に自然死が相次いだ。それも狭い範囲で。ものすごく狭い範囲で」

「でも……ダリルが毒を飲まされたっていうんですか？」デミはためらいながら言った。「それとも、ほんとうに呪いだと思ってるんですか？　黒魔術とか。本気で言ってるんじゃないでしょう？」

デミは相手の顔をうかがった。うかがううちにゆっくりと答えがわかってきて、愕然とした。

レリーンはまったくもって本気だった。

「レリーン。たとえダリルがほんとうに殺されたのだとしても、そしてそれがジェレマイアのしわざだったとしても、ずっとまえの話です。エリックや彼の兄弟が悪いんじゃありません。当時はまだ子どもだったんだもの。彼らのせいなんてことはありえません」

「彼らのせいだなんて言ってないわよ」レリーンはこわばった声で言った。「当時起きたことはわたしには理解できない。とにかく恐ろしいことだったってことだけ。あなたみたいな若い女の子がそんなものと関わるのを見たくないの。あなたのお母さんだって同じだと思うわ。わかってるでしょうけど」

うなじのあたりがちくりと痛んだ。「彼は犯罪者じゃありません。元軍人でいまも働いているし、なんのトラブルも抱えていない。なぜそんなことを言うのかわたしには——」

「仕事中にこの話はやめましょう。ここで働き続けたいなら仕事をしてちょうだい。続けたくないなら、出口の場所はわかるでしょ？」

レリーンはスニーカーのゴム底をキュッキュッと大きく鳴らしながら厨房を出ていった。

デミは言葉を失っていた。最初に考えたのは辞めることだった。もうたくさん。私生活と個人的な選択について、レリーンから説教や意見を聞かされるすじあいはない。だが、怒りを爆発させるわけにはいかない。すでに両親を怒らせ、落胆させている。専攻を経営学からレストラン経営に変えてからずっとそうだ。ショウ製紙会社のタコマ配送センターでのインターンシップを拒否してさらに怒らせた。タコマにかぎらず、西部のあちこちにあるショウ製紙の配送センターのどれひとつ、行く気はなかった。

父は、これ以上できないほどばかにした調子で言った。家族の会社に入るにはもったいないほどのできのいいプリンセスってわけか？　まともな仕事をしてみるより、給仕やデリバリーのほうがいいのか？　サンドイッチの店が、おまえの人生の目標になったのか？

デミは、シアトルでのインターンが始まるまでの数週間、自分の専門分野で夏のアルバイトをしたいと考えた。インターンは苦労して勝ち取ったもので、始まるのが待ち遠しかった。有名レストラン〈ペッカティ・ディ・ゴーラ〉の名シェフ、マウリツィオ・アルトムーラのもとで働く八週間。それまで、ショウズ・クロッシングのこ〈ベーカリー・カフェ〉で接客することを恥ずかしいとは思っていない。飲食店だから将来の計画と無関係ではない。それに、そのあいだは実家にいるから数週間分の家賃が浮く。

だが両親、それに祖父にとってはショッキングな決断だった。だから、一度ボスに腹がたったからといって辞めるわけにはいかない。いまみたいな不安定な立場では絶対に無理。

エリックがまだ店にいるかのぞいて確かめたかったが、我慢した。のぞき見するのを彼に見られたくなかった。必死みたいだし、媚びてるみたいだし、子どもっぽい。

彼はもう仕事に戻っているかもしれない。あるいは、グリーンティーとクコの実のドリンクをまだ飲んでいるかもしれない。汗をかいた冷たいボトルをほてった顔に当てて。セクシーな厚い唇をボトルにつけ、喉をごくりと鳴らしながら飲んでいるかも。最後の一滴が、日焼けしたたくましい喉をゆっくりと、官能的に落ちていくまで。

やれやれ。貯蔵室の缶やボトルを数えるという地味な仕事が、熱い妄想にふける女の子をクールダウンさせられると思うなら、それは大きな間違いだ。

## 2

エリックは、サンドイッチ店のまえを車でゆっくり通り過ぎた。これで四度目だ。今日はもうなかに入るつもりはない。レリーン・ミューアのあの殺人光線みたいな視線を受けたとあっては無理な話だ。デミに迷惑がかかってしまう。いや、すでにかけている気がする。おれと話したせいで、裏に追いやられてしまったようだ。

エリックがサンドイッチを食べているあいだ、レリーンはずっと厳しい顔でにらんでいた。にらまれるのは慣れているのでそれで食欲が落ちるということはなかったが、もううんざりだ。

もともと〈ベーカリー・カフェ〉で食事なんかするべきじゃなかったのだ。高級サンドイッチと高すぎるドリンクに毎週七十ドルかけるなど、正気の沙汰ではない。アプリ開発のために必死で貯金しているのに。あの店での一回分の値段で、充分おいしいサンドイッチを一週間分作ることができる。

それなのに通い続けている。デミ・ヴォーンのきらきらした緑の瞳と形のいいヒップを鑑賞するためだけに。引力に逆らう豊かな胸はエリックのみだらな好奇心を呼び起こし、指をうずかせる。なめらかなアルトの声を聞くと汗が出る。その声は夢にも出てくる。

彼女は気にもかけていないふりをしていたが、そうではないことは顔のほてりを見ればわかった。

やっと彼女が出てきた。ボイド・ネヴィンスがそのあとに続いている。ボイドも同じ高校で、エリックのクラスメートだった。いまは、グレンジャー・ヴァレーにあるデミの家族が経営する製紙会社で働いているらしい。

ボイドは彼女に体を寄せ、えくぼを見せている。長身でブロンドで、おそらくハンサムなのだろう。その気になったときには愛想のいい態度をとることもできる。だがエリックも兄弟たちも、彼が弱い者いじめが好きな卑怯者なのを身をもって知っている。少なくとも高校時代はそうだった。

デミは笑みを絶やさずに何度も首を横に振ったが、ボイドはしゃべり続けていた。

デミは笑顔のままあとずさりした。ボイドは彼女の手首をつかんで自分のほうに引き寄せた。デミの笑顔が揺らいだ。

彼女はボイドの手から逃れようとしたが、彼は手を離さなかった。あの野郎。昔とちっとも変わっていない。

エリックはとっさに助手席側の窓を下ろした。慎重に。そうでないと、窓ははずれてドアの内側に落ちてしまう。いつもそうなのだ。

「デミ」と声をかけた。「遅くなってごめん。もう出られる?」

いちかばちかの賭けだが、ボイドからの逃げ道を作ってやるという千載一遇のチャンスを逃す手はない。だが一方で、エリック自身がボイド以上に厄介者だという可能性もある。

デミはエリックをちらりと見て、一瞬ぽかんとした顔になった。「ああ」彼女は言った。「ええ、大丈夫」ボイドの手から腕を引き抜いて言った。「またね、ボイド」

デミはエリックの車に乗り、ボイドはエリックをにらんだ。エリックは彼に向かってにっこり微笑んでから、車を出した。

「デートのふりをしたけどよかったかな? あんまり乱暴にきみの腕を引っ張ってた

からさ。逃げる口実を作ったほうがいいかと思ったんだ」

「わたしは平気よ。ボイドなんかどうってことない。でも心配してくれてありがとう」

エリックは深く息を吸ってから思い切って言った。「ふりじゃなくて本物のデートにできないかな？　何か飲むのはどうだろう。アイスコーヒーでもシェイクでもビールでも、きみの好きなものを」

デミは薔薇色の唇をわずかに開き、顔を赤らめた。「そうしたいけれど今日はだめ。母の代わりに夕食を用意する約束なの。母は図書館の理事会に出てるから。だからまっすぐ帰らなきゃ。ほんとうにごめんなさい」

がっかりだ。エリックはそっとため息をついた。「わかった。じゃ、また別の機会に」

「ええ」

しばらくためらってから、エリックはふたたび挑んだ。失敗したってかまうもんか。「もうおれの車に乗ってるんだし、せめて家まで送らせてくれないか？」

デミのやわらかな唇がカーブした。一瞬ためらっただけで彼女は答えた。「うれしいわ」

その瞬間、〈モンスター〉が咳をし、ゲップをし、そして静かになった。エリックは気まずい思いでエンジンをかけ直した。オンボロのこの車は、廃車の部品を寄せ集めてつくった改造車だ。エリックの腕のおかげでなんとか走っているが、美的観点から言えば、ぼろぼろの内装はまるでゾンビのようだ。「脚をドアにくっつけないほうがいい」とエリックは言った。「以前はみ出た接着剤がジーンズについたら取れなくなるから」

デミは形のいい脚をドアから離した。「心配ないわ」

エリックは車を進めながら、会話の糸口を必死に探した。ボイドにいつもしつこくされているのか知りたくてたまらなかったが、最初からそんなこと訊くのはずうずうしい気がした。そこで、次に頭に浮かんだことを口にした。

「ランチのときにきみがいなくなって残念だった。あのときに何か飲みに行かないか誘うつもりだったんだけど、チャンスを逃してしまった」

デミは鼻を鳴らした。「レリーンが急にわたしに在庫チェックをさせなきゃって気になったのよ」

「おれが店を出たとたんにその気も失せた。そうだろ?」エリックは、レイクショア・ドライヴにつながる通りに入った。デミの家があるハイツに通じるオズボーン・グレードに向かうには、このルートのほうが遠回りでゆっくり時間をかけられる。デミは反対しなかった。

ここまでのところは順調だ。

デミが、カールした黒いまつ毛越しに横目でエリックを見た。「あなたって、あらゆることを自分に関係あるって考える人?」

エリックは笑った。「いいや、違うよ」

「よかった」彼女は小さくつぶやき、謎めいた笑みを浮かべた。「今夜は用があって残念」

体のなかで喜びがふつふつとわいてきた。「どっちみち、おれも長居はできないんだ。八時には次の仕事を始めなきゃならないから。でも待てなかった」

「次の仕事? どこで?」

調子づいてきたエリックは、速度をうんと落としてレイクショア・ドライヴに入った。「フェア・オークス・ケアホームで夜間管理人をしているんだ」

「建築現場で一日働いて、夜は老人ホーム？　いつ寝てるの？」

「あんまり寝てない。寝るのは朝の四時から六時までだ。あと昼と夜の仕事のあいだに、滝（フォールズ）のそばの公園で仮眠を取ってる」

「気持ちよさそうね。蚊がいなければだけど」

「蚊は気にならないな。それから、週末はハイウェイ沿いのガソリンスタンドで働いている。事業を立ちあげるために金を貯めてるんだ」

「そうなの？　なんの事業？」

「効率化アプリを開発していてね。軍とかの大きな組織での仕事の流れを効率化するためのアプリだ。最初のアフガニスタン派遣のときに思いついて、それ以来開発を続けている」

「ひとりでってこと？　どこかでコンピューターサイエンスを学んだの？」

「正式には学んでいない。独学だよ」

彼女の眉（まゆ）がつりあがった。「ほんとうに？　そんなこと独学で学べるの？」

「もちろん。大学に通う余裕はなかったし、そのときにはもう海兵隊に入ってたから、マサチューセッツ工科大学（MIT）とスタンフォードのコンピューターサイエンスの教材をダウンロードして、空いた時間に勉強したんだ。ビデオ講義を見て、教科書を全部読み、課題をこなし、試験を受けた。情報は全部オンラインで見られるんだ。だから、学位は持っていないけれどスキルは全部持っている」

デミはエリックを見つめた。「頭のなかがよく整理されているのね。そういうことを全部ひとりでやるなんて」

「そうかも。こういうことはかなり早い時期からしっかり叩き込まれた。数学と一緒にね。それに、やる気があるときは簡単に学べるものだ」

「でも、アプリの開発ってずいぶんお金がかかるんじゃない？　出資者はいらないの？」

「ほとんどの作業を自分でやればそんなにかからない。大まかなレイアウトはもう決めてあるし、技術の組み合わせ方とプログラム言語について調べている。いまは、規模を拡大できるようカスタムバックエンドを作っているところだ。それからコーディングの勉強もしている。管理人の仕事を始めてから中断しているけど」

「びっくりだわ。あなたがインテリのコンピューターおたくだなんてちっとも知らなかった」

エリックは急に気まずくなってきた。ぺらぺらしゃべって、自分を大きく見せようとしてしまった。「だけどデザインには苦労してるんだ。おれはデザインのほうはさっぱりだから、金をかき集めて誰かに頼もうと思ってる。でも自分で書けるコードが増えれば、最終的には安くすませられる」

「すごいわ。うまくいくといいわね」

「ああ。ところできみは？　なんでショウズ・クロッシングに戻ってきたんだ？　実家の会社で働くのかと思ってたよ。グレンジャー・ヴァレーかタコマで」

デミは顔をしかめた。「両親も祖父も、それにこの町の誰もがそう思ってたわよ。わたしがショウ製紙会社を継ぐのだろうって。事務用紙の跡継ぎ、梱包材のプリンセスってところかしらね。でもわたしが好きなのはそれじゃないの。家族はがっかりしてるけど」

「何が好きなんだ？」

「料理よ」開きなおったような言い方だった。「プロの料理人になりたいの」

エリックは驚いたが、すぐに平静を装った。「それはいいね。きみの作るサンドイッチは絶品だから」

デミは苦笑いした。「ランチのサンドイッチで腕の良し悪しを判断しないで」

「なぜだ？ すごくおいしいのに」

「やさしいのね。とにかく、わたしの夢は料理人になること。カレッジでレストラン経営の学位を取ったの。二、三週間後にはシアトルのレストランでインターンシップを始めるのよ。それが終わったら、カリナリー・インスティテュート（ニューヨークにある料理学校）を目指すわ。文具店に行くと胸が躍る人もいる。自分もそうだったらって思うけど、わたしが見てわくわくするのはフレッシュなハーブやブラックペッパーをまぶした山羊のチーズ。それからレモンを漬けたオリーブオイルにアーティチョークのピクルス。どうしろというの？ それがわたしのすべてなのに」

これ以上時間を引き延ばすことはできない。エリックはシダー・クレスト・ドライヴに車を入れた。デミの家がある通りだが、エリックは広々した芝生のあるヴィクトリア朝の巨大な邸宅に続く私道のかなり手前で止まった。

郵便受けが、地面に対して四十五度の角度まで傾いている。「あれはどうしたんだ？」

「ああ、あれ」デミはあきれた顔で言った。「バートがやったのよ。バート・コルビー。厄介なお隣さんでね、ときどきビールを飲みすぎたあと夜中の二時にバーから車で帰ってくるのよ。時間がなくてまだ直していないの」

エリックは気に入らなかった。「危ないな。そのうち怪我人が出るぞ」

「ええ。でもいまのところ出てないわ。うちの郵便受けを除けばね。送ってくれてありがとう。それからサンドイッチを褒めてくれたことも。あなたのアプリがうまくいくのを祈ってる。すごいわ。絶対に成功すると思う」

まばゆい笑顔にエリックは言葉を失った。ふっくらしたピンクの唇、完璧な曲線を描く頬。日焼けした美しい肌にさす赤みがセクシーだ。

デミがドアを開けると、窓が危なっかしくがたついた。彼女はためらってから、身を乗り出してエリックの頬にキスした。ほんの一瞬軽く触れただけだが、エリックは天にも昇る心地だった。

「老人ホームの仕事頑張って。少し寝られるといいわね。あしたも会える？　ランチの時間に」

「ああ、もちろん」エリックは夢見心地で答えた。「行くよ」

寝られるといい？　ホルモンが全身で脈打っているのに寝られるわけがない。彼女の言うとおり、あしたも会いに行くだろう。その次も、そのまた次の日も。あの唇がこの肌にふたたび触れるまでは、機会があればいつでも。

彼女にキスされた部分がうずいた。そこだけ光っているかのように過敏になっている。

「あした仕事が終わったら、さっきあなたが言ってたミルクシェイクを飲みに行く？」とデミが言った。

「いいね。でもこういうのはどうだ？　おれはきっと暑くて汗だくになってる。管理人の仕事は八時からで、制服に着替えるまえに汗を流さなきゃならない。いつもケトル・リヴァー・パークに行ってサークル・フォールズでひと泳ぎするんだ。制服は車に置いてある」

デミは唇をかんで考えた。「泳ぐのは好き。それにサークル・フォールズも好きよ。まっすぐそこに行きましょう。水着を持っていくわ」

「そうする？」喜びのあまり、体がシートから浮きあがりそうだった。「決まりだ」

「〈ベーカリー・カフェ〉の外で会いましょう。五時ね」

「わかった。電話番号教えてくれるかい？」

デミが電話を取り出して口を開きかけたとき、タイヤを鳴らして車を急停止する音が聞こえ、エリックはデミの肩越しにそちらに目を向けた。

ＢＭＷの窓の向こうにエレイン・ヴォーンの凍りついた目が見えた。デミの母だ。なんというタイミングの悪さ。だが後悔はない。

デミは振り向くと、小声で言った。「大変、行かなきゃ」

「厄介なことになったならごめん」エリックは車を降りかけたデミに声をかけた。

「大丈夫。夕食の支度が遅くなっただけよ。またね」

「ああ、また」

デミは母の車のまえを横切って通りを渡り、広い芝生を突っ切って家に向かった。エレイン・ヴォーンは、彫像になったかのように座ったまま動かなかった。エリックはエンジンをかけて逃げ出したい衝動と戦いながら、辛抱強く彼女を見つめた。ここで逃げたら、まるで何かしでかしてこそこそと隠れる悪党ではないか。おれは断じてそんなものではない。だから、その場にとどまった。

それになんとなく、彼女より先に走り去るのは失礼だという気もした。先に電話を切るのと同じだ。

やがて、ミセス・ヴォーンは口を固く閉じたまままっすぐまえに顔を向けた。そして彼女の車は走り出した。

まずいな。デミの晩を台なしにしてしまった。何をしてるんだ、おれは。

これまで、道を踏みはずさないよう気をつけてきた。目立たないようにしてまえだけを見て、小銭が余ればすべてアプリ開発のために貯めてきた。そんなエリックのまえにデミ・ヴォーンが現われた。カールしたつややかな茶色い髪を持ち、腰を振って歩くデミが。エリックの判断力はぼろぼろにされて縛られて、車のトランクに閉じ込められてしまったみたいだ。

うまくいきっこない。さまざまな意味で。エリックは預言者の息子。一方のデミは金持ちの娘、町のプリンセス。カレッジを卒業している。エリックは文なしも同然だが、デミはショウズ・クロッシングで一番の豪邸に住んでいる。語られたくない過去を持つ孤児のエリックに対し、デミのほうは町の名の由来となった祖父を持つ。

エリックが夢中になっているのはそういう相手だった。なぜなら難題に立ち向かうのが好きだから。いつものように、自分が楽しめる道を選んでいるのだ。

あしたの川での光景が目に浮かんで消えない。びしょ濡れになったデミ。体に張りつく、露出の多い服。雲のように彼女のまわりに漂う茶色い髪。水の冷たさでかたくとがった乳首。

エリックはアクセルペダルを踏み込んだ。急発進のせいで窓がはずれ、どすっという大きな音とともにドアの内側に落ちた。

くそっ。

トランクに閉じ込められた判断力の声がまだ聞こえる。叫びながらテールライトを蹴り、自分の存在を知らしめようとしている。だが、エリックは耳を傾けようとしなかった。

黙ってろ。おれは忙しいんだ。

# 3

「デミ？　わたしが外で目にしたものはいったい何？」

母の鋭い口調に、デミは鶏にハーブ入りの塩をすりこみながら口をきゅっと結んだ。

「なんでもないわ」と冷静に答えた。「なんのことだかわからない」

「まわりから丸見えだったわ。彼と一緒にいるところを誰に見られたかわからないのよ！　お父さんが窓から外を見たら――」

「わたしが彼の車に乗ってるところを見られてた？　お願いだから」デミは、鍋に入れた鶏のまわりにセロリと玉ねぎ、じゃがいもを詰めた。「やめてよ、ママったら」

「生意気な口をきかないでちょうだい！」

「どうした？」キッチンの入口に父が現われた。デミと母の視線が、父の持つスコッチのグラスで音を立てる氷に向かった。父は、グラスを持つ手をドア枠の向こうに隠した。「何があった？」

母は唇をかみしめてから言った。「デミが、うちの目のまえに止まった車のなかに座っていたのよ。エリック・トラスクとふたりで」

父は呆然とした顔になった。「嘘だろ？」

「やめてよ、ふたりとも。べつにべたべたしてたわけじゃないわ。そうだったとしても変わらないけど」

「黙れ。自分の部屋に行きなさい」

デミはその口調に驚き、父を見つめた。それから油と塩にまみれた自分の手を見下ろした。「ちょっと待ってよ。いま夕食を作ってるところなのよ。それに――」

「ここから出て行きなさい。おまえの顔を見たくない」

背筋が凍りつくような声だった。そこに感じられるのは……憎しみといってもいい。

デミは恐ろしいまでの沈黙のなか、シンクに行き、食器用洗剤で手を洗った。時間をかけて洗った。それから、同じように時間をかけて拭いた。ゆっくり、念入りに。わたしは大人（おとな）。あわてて逃げたりしない。尊厳を持っているのだから。

父の横を通り過ぎるころには、ショックよりも正当な怒りが勝っていた。

「ふたりはまだ気づいてないのかもしれないけど、わたしはもう、自分の部屋に追いやられるような子どもじゃないの。大人なのよ。ちょっとまえからそう。そのことに慣れてちょうだい」

「わたしのまえから消えろ」父はまた言った。

デミは負けじと言い返した。「喜んで消えるわ。必要なら永遠に」

自分の部屋に戻ると、膝の力が抜け、ベッドにどさりと座った。脚が震えた。物心ついて以来、父とは衝突を繰り返してきた。だがここまで敵意を見せつけられたのははじめてだ。ショックだった。

エリック・トラスクについてはくだらない噂が数多く流れているから、その彼と一緒にいるのを父がよく思わないのはわかっていた。でもここまでの敵意は……常軌を逸していると言ってもおおげさではない。

レリーンみたいに〝預言者の呪い〟を恐れているのかしら？　無意識のうちに、八年まえの連続死をエリックとその兄弟に結びつけているのかもしれない。ほかに結びつけられる人は残っていないから。あの火事のあとでは。

それにしてもばかげている。子どもじみているし迷信を信じてるみたい。それに不公平だ。もうちょっとましな考え方をする人たちだと思っていた。欠点だらけの父でさえも。

荷物をまとめ、怒りに任せて出ていきたかったが、毎度のことながらそう簡単にはいかない。カレッジでルームメイトだったロリーがシアトルで働いていて、インターンのあいだ泊めてくれることになっているが、いまは東海岸に出張している。腹がたったというだけで物価の高い大都市のホテルに泊まって、限りのある貯金を使い果たすわけにはいかない。

もっと分別を持たなきゃ。おとなしくして、ロリーが出張から戻るまで待つこと。それに、カリナリー・インスティテュートの授業料を祖父に借りる希望はまだ捨てていない。両親には断られた。それが両親の考えだから。

そしてもうひとつ、エリックにまた会いたくてたまらない。わたしはもう大人だ。別に彼と結婚したいというわけではない。どうせこの町を出ていくのだから。戻ってくるのは折々の行事のときだけだ。

だから、彼とはチャンスがあったらちょっと楽しむだけ。こっそりと、そしてちゃんと用心したうえで。つまるところわたしの問題であって、ほかの誰かに知られる必要はないことだ。

父に見つかったら家からほうり出されるかもしれない。それならそれでかまわない。なんとかなるだろう。もう、指図されたり親の言いなりになったりする歳ではない。たいしたことじゃないわ。楽しみたいというホルモンのいたずら。暑い夏の日々を早くやり過ごすための軽いお遊びよ。

それの何が悪いというの？

# 4

あれこれ悩んだ末に、パープルのスポーツブラとボクサーショーツのセットに決めた。これなら水着に見えるだろう。ケトル・リヴァー・パークでちょっと水につかるぐらいならこれで充分だ。仕事のあとわざわざ着替える必要もない。デミは熱っぽい興奮のうちに、その日の勤務を終えた。

五時、スタッフ用のバスルームで顔を洗った。めかしこみたかったが、これから川に飛び込むのだからと、ウォータープルーフのマスカラとリップグロス、それにチークをブラシで軽くのばすだけにしておいた。

店の外に出ると、レリーンが歩道に立って、開いた車の窓越しにエリックに説教しているところだった。「ここに止めないで。店の真ん前よ！」

「大丈夫です、レリーン」とデミは言った。「もう出ますから」

車に乗り、不満顔のレリーンに向かって手を振ってから、走り出した車の座席の背もたれにもたれた。腰に両手を当ててしかめ面をしているレリーンの姿が、割れたドアミラーにふたつの角度から映る。

「逃走車って感じね。スピードを上げて。気持ちいいわ」

「大変な一日だった？」

汗だくになっている彼は魅力的だった。彼を見たとたん、思考が止まった。「あ、ええ」内張りからはみ出た接着剤から膝を遠ざけながら言った。「今日でクビになるかも。最近、レリーンと考えが合わなくって」

エリックは、ケトル・リヴァー・パークに向かう湖畔の道路に入った。「ごめん。どこか別の場所で待ちあわせすればよかった」

「いいのよ」デミは力を込めて言った。「もう、何を言われても気にしないことにする。レリーンからも両親からも祖父からも」

「くそっ」エリックはハンドルをたたいた。「きみに迷惑をかけるつもりなかったのに」

「心配しないで。わたしは大丈夫だから。昨日からずっとサークル・フォールズを楽しみにしてるのよ。行きましょ」

エリックは白い歯を見せながら少年っぽく笑った。「実はもっといい場所を知ってるんだ。もうちょっと上流のほうなんだけど」

「すてき。連れて行って」

しっかりした作りのスポーツサンダルを履(は)いてきてよかった。そう思いながら、公園のなかを歩いて川岸に向かい、崖(がけ)から突き出た大きな三日月形の岩棚を目指してさらに歩いた。岩棚の上部から下のよどみに向かって、水が音を立てて流れ落ちている。泳いでいる人が何人かいたが、ふたりは足を止めなかった。デミはエリックのあとについて、両側に大きな石が転がる、川と崖に挟まれた細い砂利道を進んだ。崖の表面は苔(こけ)におおわれていて、道のあちこちに倒れた木の幹が転がっていた。そこを抜けると、しばらくは張り出した岩の下を身をかがめるようにして川沿いをさらに進んだ。背の高いエリックは体をふたつに折るぐらいまでかがめなければならなかった。デミの首筋に、苔の茂みから水が滴り落ちた。

ふたたび太陽の光のもとに出ると、また崖沿いを進み、大きな岩場についた。

眼下で、濃い青緑色に美しく光る水が波立っている。穏やかな水際に青い雲のように立つ水しぶきのなかでとんぼがきらめく。人の姿はない。水は深く澄んでいる。

「滝のこんな上まで来たのははじめて」そう言いかけて、デミは息をのんだ。エリックがシャツを脱いだのだ。

やだ、反則だわ。なんてたくましいの。たくましいけどムキムキではない。分厚くて引き締まって筋ばった筋肉。労働者らしく日焼けした肌は焼けすぎて水ぶくれができている。首と腕がいっそう黒い。彼の動きに合わせて、背中にうっすらと残る銀色の傷痕が蛇のように動く。

彼はジーンズを脱ぐまえに、ためらいながら振り返った。「下着になってもいいよね？」

「わたしが下着になるのを気にしないでくれるなら」

エリックの笑顔にデミは目がくらみそうになった。「たぶん大丈夫」ジーンズは地面に落ちた。

当然のように、脚もほかの部分と同じく見事だった。じっくり見ることはできず、引き締まったお尻が一瞬見えただけだった。

彼は完璧なフォームでナイフのように鋭く水に飛び込んだ。水しぶきをあげ、笑いながら水面から顔を出す。美しい白い歯とえくぼがはっきり見えた。

「冷たい？」デニムのショートパンツを脱ぎながらデミは尋ねた。

彼の視線はデミの体をとらえて離れなかった。「気持ちいいよ。南国みたいだ」

「うそばっかり」デミはTシャツを脱ぎながら言った。「わたしだってあなたに負けないくらいこの川のことはよく知ってるのよ。七月でも震えあがるほど冷たいわよ」

ジョギング用のブラとボクサーショーツに包まれたデミの体を見つめるうちに、エリックの顔から笑みが消えた。デミは顔が赤くなってきた。解決策はただひとつ。

岩から飛び出して水に飛び込んだ。うわっ。冷たい。

水から顔を出し、髪をうしろに払った。だが水の流れに捕まって息をのんだ。流れは抗（あらが）えないほどの強さと速さでデミを運んだ。デミは全身の力を込めて川岸に向かおうとして……。

エリックの濡れたたくましい裸の胸にまともにぶつかった。彼の腕がデミを包んで押さえてくれた。デミの背中に激しい水の流れが当たる。

「悪かった」目に入った水を払い、息を切らしながらエリックは言った。「なんてばかだったんだろう。きみとおれとじゃ流れの感じ方が違うってことをすっかり忘れてた。きみはおれよりずっと小さいのに」

デミは彼の肩に手を置いた。「わたしは大丈夫よ。危険はなかったわよ。もうちょっと下流のほうでやればよかっただけ。たいしたことじゃないわ」

「こんなことにならないよう気をつけるべきだった」

「やめて。大丈夫だってば。ワイルドでスリルがあって、楽しかったわ」

見つめあううちにふたりのあいだの空気が変わった。「ワイルドなのが好きか？」とエリックが尋ねた。

デミは額（ひたい）に張りついている髪をどかした。「好きよ」

「おれとここにいるのはそのため？」

緊張した声に、デミは警戒した。「どういう意味かよくわからないんだけど」

彼のたくましい肩が一度上がってからまた下がった。「わざわざワイルドな道を選んでるってことだよ。動物園から逃げ出した動物と一緒に危険な場所を歩きまわるみたいな」

デミはしばらくのあいだ開いた口がふさがらなかった。「何言ってるの？」

エリックははっとしたようだった。「おれが言いたかったのは――」

「何を言いたかったかなんてどうでもいい。あなたはわたしに全然関係ないことを勝手に警戒して喧嘩腰になってる」

エリックは眉を寄せた。「そんなつもりじゃなかった」

「わたしがここにいるのはあなたが好きだからよ、エリック。と言うか、好きだった。でも、自分を憐れんで、誰かのたわごとのせいでわたしを責めるつもりなら、もうわたしにかまわないで」そう言って彼を押しのけ、ふたたび力強い水の流れに身を任せた。

エリックはデミを追って飛び込んだ。流れの中心で水にもてあそばれたのち、デミをふたたび川岸のほうに引き戻し、そびえるような大きな岩と自分の体のあいだにはさんだ。

そしてそのまま、動かないよう押さえた。ふたりの周囲で水が渦巻く。「悪かったよ。まえにもいたんだ。ワイルドになりたくて、両親を怒らせたりボーイフレンドを嫉妬させたりする女の子たちが。また同じことが起きてるのかと思ったんだ」

デミは彼の胸を押したが、今度は彼の手から逃れることはできなかった。「何も起きてないわよ、ここでは。離して。いますぐ」

「この流れのなかで？　どうかしてる。できないよ。安全じゃない」

「安全なんか求めてない。ワイルドな道を選ぶ必要もないの」とデミは言った。「ワイルドになりたかったら自分でなんとかするわ。それに、わたし自身が危険な女なの。別にあなたの手を借りる必要はない。あなたなしでも充分ワイルドに生きられるのよ。わかった？」

「よくわかった」

相手の頭のなかを読もうとするかのように、ふたりはじっと見つめあった。

「おれが好きだからここにいるって言ったね？」

「好きだった、よ。肝心なのはそこ」

「ああ」エリックはしばらく考えてから言った。「悪かったともう一度言ったらどうなる？　また好きになってくれるか？」

「あなた次第かな。謝るのが上手な人っているから」

「こんなふうに謝ったら？」彼はいきなりデミを引き寄せた。

唇に彼の唇が重ねられ、デミは一瞬ぼうっとした。何様のつもり？　そう思って彼を押しのけようと両手を彼の胸に当て……そのとき感じた。

熱い炎が体を駆け抜けるのを。ワイルドなエネルギーが体のなかに解き放たれる。目の奥が急に明るくなり、かっと熱くなる。不意を突かれた欲望が、体の下のほうで脈打つ。

驚きのあまり動けなかった。欲望が自分をとらえ、満たすのがわかった。彼の唇はとてもやわらかかった。水のなかは冷たかったが、彼の口は違った。

なんて熱いの。ああ、すてき。

口のなか、胸、おなか、脚のあいだが熱くなっていく。熱さはいたるところに広がっていく。デミは息をつきたくて彼から体を離した。渦巻く水に足をとられそうになったが、エリックは樫（かし）の木のようにびくともしない。

彼はデミを離さず、開いた脚のあいだで支えた。「ワイルドが好きなのはきみだけじゃない」デミの耳元でささやく。

ふたりは見つめあい、暗黙の了解のうちにまた唇を重ねあった。やさしく相手を味わい、唇の甘さとなめらかさとぬくもりと形を探った。彼の舌が触れ、からみつく。デミの指が胸に食い込むと、彼は満足げにうめき、さらに貪欲（どんよく）にキスをした。デミは彼の首に腕をまわした。彼の太腿にはさまれた脚を引き抜こうとした。引き抜いて、彼の腰に巻きつけたかった。

エリックが手を貸した。デミのお尻を両手で包んで持ちあげた。キスはさらに熱を帯び、強く、ワイルドになった。怒りともとれるほどの激しさだった。デミのなかにあふれる力ははじめて体験するものだった。魔法みたい。超人になった気がした。体の奥から、止めることのできない勢いで熱と光の柱がそびえ立ったみたいだ。

デミは我を忘れた。直面している問題も、過去も未来も、野望も計画も予定も、すべてが溶けて快感に変わっていった。彼の熱く攻撃的な口とたくましい体をもっと探りたかった。デミを捕らえている体。デミを巧みに支配する体を。

彼のキスは深い感情を呼び起こした。はじめて知った感情だが、デミはそれを彼に差し出した。狂おしいほどに。彼の体にしがみついた。いまならエリックの求めることならなんでもできる。彼を自分のなかに迎え入れたくてたまらなく、すすり泣くような声を出した。

エリックは唇を離し、デミを抱きあげたまま巨大な岩と岩のあいだの隠れたすきまに移動した。そこでも水は胸の高さまであり、デミはおなかにかたくなった彼のものが当たるのをいやというほど感じた。

デミがそこに体を押しつけるようにすると、彼の喉から低いうめき声が漏れた。デミは息をつくために体をうしろに引いた。ふたりの目が合い、離れなくなる。エリックの目はとても美しかった。明るいシルバーグレーに縞状に濃いグレーが入っている。その目が、まぎれもない欲望で輝いている。

デミは興奮で息がつまりそうだったが、エリックは目を閉じて鋭く息を吐いた。

「だめだ」とかすれた声で言った。「コンドームを持ってない」

デミの頭のなかで現実がちらちらと揺れた。この状況。その先に起こること。コンドーム。もちろんだめよ。誰かさんが大人なのが幸いだ。それでも、デミは欲求不満で叫びたかった。

エリックはふたたびキスをした。片手はデミを抱き寄せているが、もう一方はデミのおなかからその下へと移動し、濡れたボクサーショーツの上から愛撫を始めた。デミは彼の腕のなかで体を震わせた。彼の手に押しつけるようにして下腹部を動かす。やめられなかった。彼の腕をつかんで引き寄せ、その手がさらに強く触れるようにする。

エリックはボクサーショーツのウエストのなかに手を入れ、その手を下に滑らせた。じらすようにやさしくクリトリスを親指でなでる。そっと下の唇をさすってから開き、ほてったなめらかな秘所を広げる。そしてゆっくり指を入れる。クリトリスを愛撫しながらさらに奥に入れる。ふたりはともに、身を震わせながらうめいた。

「すごいよ、デミ」しゃがれた声でエリックは言った。「シルクみたいになめらかで、ものすごく熱い」

まともに返事をするどころではなかった。彼のゆっくりとした完璧な愛撫に、あえぎ、すすり泣いた。彼は指をデミのなかに入れながら、クリトリスを巧みにさすった。デミは彼にしがみつき、高まる快感に声をあげた。悦びが体じゅうのあらゆる箇所をずきんずきんとうずかせる。

そのあと、デミは彼の腕に抱かれ、震えながら漂った。カレッジや高校時代のボーイフレンドとの営みを振り返ってみても、こんな感覚は味わったことがなかった。楽しんだこともあればそうではなかったこともあるが、これほど心を動かされたのははじめてだ。

これほどの強烈な感覚は危険だ。わたしは粉々になってしまうかもしれない。粉々になって宇宙の塵になるかもしれない。

ほてった顔をエリックの肩から上げた。彼の美しい目は真剣だった。彼は辛抱強く待った。かたくなった長くて太いペニスが、ブリーフから顔を出している。デミはブリーフのなかに手を入れてそれを握った。すごく男らしい。まるで岩みたいにかたい。デミの手のなかで脈打っている。最初は片手で、次にもう一方の手で、最後は両手で、彼をさすり、握った。

彼はあえぎながらデミの手を上から握ると、デミがひとりでするよりも強く速く動かすよう導いた。彼の体がこわばり、頭がのけぞった。

「ああ、最高だ」しぼり出すような声で言った。

デミは上から握られた手のなかで、彼のオルガスムの振動を感じた。

ふたりはしばらくのあいだ、水のなかで無言のまま揺れていた。言葉が出てこなかった。

先に顔を上げたのはエリックだった。「きみを口で悦ばせたい。何時間でもなめてあげるよ。何度でもいかせてあげる。きみがくたくたになるまで。きみを味わいたいけど、水が全部洗い流してしまう」

デミは咳ばらいをしてやっと声を出した。「わたしもお返しするわ」

「まるで拷問だ」

「ほんとうね」

エリックはデミの濡れた髪に顔をうずめると、耳たぶを歯ではさみ、そっとかんでから吸った。デミの体が震え、彼の肩にかけた指先に力がこもった。

「どうかなりそうだ。だけど、もう帰らないと老人ホームの仕事に間に合わなくなる。くそ、行きたくないな」

「わかるわ。でも行ったほうがいい」

「そうだね」彼はデミの首に鼻を押しつけ、軽くかんだ。「あしたの昼の仕事が終わったら、夜は空いてる。週に一度の、夜が休みの日なんだ。あさってまで老人ホームの仕事はない」

期待のあまり、彼のふくらはぎにからめたままの足先に力が入った。「そうなの？それで？」

「滝は好き？」

デミは笑った。「わかりきったことでしょ」

彼も笑った。「いいところを知ってるんだ。特別な場所。それをきみに見せたい」

「興味津々よ」

「ただ、そこに行くまでが大変なんだ。きみは高所恐怖症？」

「それはないけど、岩登りのプロってわけでもないわ」

「岩登りはないな。でも急だしところどころ岩が転がっていたり、崖沿いの細い道があったりする。きみが行きたければでいいよ。本や地図には載っていない。行きにくいからこそ特別なんだ」いったん言葉を切ってからさらに言った。「それに誰もいない」

新たな期待に、彼の腕を握っている指先に力がこもった。「そんなところ、どうやって知ったの？」

「子どものころ見つけたんだ。兄弟と一緒に。そこなら誰にも邪魔されずにすんだ」

ベルベットのようになめらかで心地よい声はひどく魅力的だった。デミは、誰にも邪魔されない場所にふたりきりでいるところを思い浮かべた。途方もなく官能的な場面が頭いっぱいに広がり、デミの心臓は早鐘（はやがね）を打った。「すてきね」

「ああ、それは間違いない。行ってみたい？」

「ええ」

彼の顔が輝き、それを見てデミは体が熱くなった。「よかった。またおれに脚を巻きつけてくれ。服のところまで戻るから」

デミは笑った。「危険な響きね。あなたに脚を巻きつけるって」

「わかってるだろ？」彼はデミの耳元でささやいた。「おれは危険なのが好きなんだ」

服を置いた岩場まで戻るのに時間がかかった。水の流れが激しかったせいではない。エリックは人並みはずれてたくましいのだから。時間がかかったのは、彼が途中何度も足を止めてキスしたからだ。

最初に飛び込んだところに戻ったときには、ふたりともまともにものが考えられないほど欲望が高まっていた。危うく用心のことを、そして用心しなかった場合の結果のことを忘れそうだった。

頭上から降ってきた笑い声が、ふたりを正気に戻してくれた。渓谷(けいこく)の両側からティーンエイジャーが野次を飛ばしていた。デミの知っている顔はなかったが、ふたりを見て笑い、下品な言葉を叫んだ。

エリックは彼女を下ろし、ペニスをブリーフのなかに押し戻そうとした。だが無理な話だった。あんなに元気のいいものを隠せる下着など存在しない。ふたりは岩によじのぼった。エリックはバッグからすり切れた小さめのタオルを出してデミに差し出した。

デミは首を振った。「身ぎれいにしなきゃならないのはあなたのほうよ。これから仕事なんだもの。わたしはうちに帰って着替えればいいから」

頭上からさらに笑い声や野次が聞こえてきて、エリックは急いで腰にタオルを巻いた。巻いたまま、バッグに入っていたきれいな服に着替えた。デミは濡れた下着の上から服を着た。

恥じらうように一瞬目を合わせてからふたりは笑った。

「あした、仕事のあとにまた待ちあわせようか？　時間は今日と同じでいい？」

デミはうなずいた。

エリックはデミの手を取った。「今度は本屋のまえで待ってる。それならレリーンを怒らせないですむだろう」

公園への帰り道、足の下で石が転がっていても、デミは水に浮いているような気がした。体が雲のように軽く、熱っぽいエネルギーに満ちているように感じられる。大胆で確かな足取りで、石から石へと踏みはずすことなく飛び移りながら進んだ。

公園に戻ると、手をつないでいるのを周囲の人々に見られた。人々は見ないふりをしたが、ふたりは誰に見られていようと気にならなかった。お互いほとんどしゃべらなかったが、彼の手から伝わるエネルギーがデミの腕を駆けのぼり、目がくらむような興奮で全身を満たした。エリックの車に着いたときには、もう着いてしまったのかと残念だった。

エリックはデミのためにドアを開けてから、運転席に座った。「例の接着剤に気をつけて。この車はふだん人を乗せないから礼儀作法に疎いんだ」

「大丈夫よ」

「こいつのことは〈モンスター〉って呼んでる。フランケンシュタインみたいなものだ。いろんな廃車の部品を組みあわせて、邪悪な魔法でよみがえらせたんだ。だから、あちこちからゾンビみたいなスポンジがはみ出してる。あれ、いらない情報だったかな？」

デミは笑った。「ゾンビになった車をよみがえらせるなんてすごいわ。ほんものの特殊能力なの？　それともただの暇つぶし？」

「いや、そうするしかないからだ。いつか、過去の遺物じゃない車を買える日がくるのを楽しみにしてるんだ。おれが生まれたあとに作られたものというだけで充分だ」

「やり方はオーティスに教わったの？」

「もっと昔、〈ゴッドエーカー〉にいたころに覚えた。ジェレマイアは世界の終末がすぐそこまで迫っていると信じてた。だからおれたちは、強力な電磁パルスによって送電網が全滅していまある文明が崩壊しても、そのあと自力で機械を動かせるようになっておかなきゃならなかったんだ。そういうわけで、ジェレマイアはすごく古い車を好んだ。あらゆるものにコンピューターが搭載されるようになるまえのものってことだ。〈モンスター〉がそれだ。残飯や燃料を求めて終末後の荒野をさまようために作られた」

デミは横目で彼を見た。こんな告白になんと言えばいいのかわからなかった。「なんか、暗いわね」

「ああ、それがジェレマイアだ。あらゆる暗さの化身だった」

「あなたは信じてたの？　当時ってことだけど」

エリックは長いことためらってから答えた。「信じてたと思う。おれはそのなかで生きていて、比較する対象がなかった。ジェレマイアの話はすごく説得力があったし。それに、このままだとジェレマイアが言ったとおりになる可能性だってなくはない」

「たしかにそうね」とデミは言った。「それじゃ、そのあとはあなたも兄弟もずいぶんとまどったでしょ？　火事が起きて外の世界に出たあとは」

「しばらくは何も考えられなかった」エリックはまえを見すえたまま答えた。「おれたちの世界が消えたわけだからね。ちっぽけでめちゃくちゃな世界だったけどおれたちはそれしか知らなかった」

「生き残ったのはあなたたち三人だけ？」

「フィオナを入れれば四人だ。火事の一週間ほどまえに、おれたちがこっそり逃がしたんだ」

デミは気になって尋ねた。「フィオナって？　こっそり逃がしたって、どうやって？」

「おれたち同様、〈ゴッドエーカー〉で育った女の子だ。最後、火事の直前のころには、あそこはもうひどいことになっていた。フィオナはまだ十五歳だったのに、ジェレマイアはキンボールっていうロリコン野郎に彼女との結婚を許したんだ。キンボールは二十五歳年上だった。フィオナは逃げようとしたが引き戻されて、みんなのまえでむちで打たれた。おれたちはみんな頭に来たが、とくにアントンの怒りはすさまじかった。彼女のことが好きだったんだろうな。けっして認めないだろうけど」

「ひどい話だわ」とデミは小声で言った。

「結婚式の直前におれたちは彼女を逃がした。正確に言えばアントンは、だ。メースとおれはアントンに言われたとおりにしただけだ。金庫から金を盗んで、カリフォルニアのおばさんのところまで行くバスの切符を買った。そして、アントンとフィオナが町にたどり着くまでのあいだ、うまくごまかした。アントンは彼女をバスターミナルまで連れて行ってバスに乗せた。だから、フィオナも〈ゴッドエーカー〉の生き残りと言っていい。生き残りは全部で四人だ」

デミは震える息をゆっくり吐いた。「信じられないような話ね。彼女のことは聞いたことないわ」

「ああ、誰も知らないだろうね。知るはずがない。だって、彼女のことを知っているのはいまやおれたち三人だけで、三人とも誰にも話してないから。彼女は〈ゴッドエーカー〉からすっかり離れた。おれたちはよかったと思ってる。彼女が警察やらマスコミやらに話をしなければならないような事態は避けたかったからね。ほんとうに、とんでもないところだったよ」

「あなたたちは〈ゴッドエーカー〉で面倒なことにならなかったの？　彼女を逃がしたことで」

　エリックは不安になるほど長い間をおいてから答えた。「なった」

　その声音に、デミは恐怖で胃が痛くなった。「ごめんなさい。気にしないで。余計なことを訊いちゃったなら――」

「キンボールはおれたちをむち打った。三人ともだが、アントンなんか半殺しにされた。ジェレマイアはやつを止めようともしなかった」

「なんてこと。気の毒に」

「暗い話をするつもりじゃなかったが」そう言う彼の声はかたかった。「でもおれの過去をつつこうとすれば不愉快な話がたくさん出てくる」

「詮索しようと思ったわけじゃないの。訊かなきゃよかったわね」

「きみに知られるのはかまわない。だけど、おれはまえに進もうとしている。すべては過去のことだ。終わったこと。もうそれで傷ついたりしないよ」

「あなたの兄弟は？　同じなの？　やっぱりまえに進んでる？」

「ああ。メースは海兵隊で頑張っている。武装偵察部隊にいるよ。軍の仕事が好きなんだ。おれはそれほどでもなかったけれどね。アントンはラスヴェガスでちょっとしたセレブになってる。ＤＪとしてミキシングとかアルバム制作なんかをしてるんだ。大きなダンスクラブをまわってね。かなりの人気者だよ」

「オーティスがどう思ってるかわかる気がする」デミは言った。

「ああ、そうなんだ。オーティスは軍のことはわかるけど、アントンのＤＪとかおれのＩＴについてはまったくの門外漢だからね。派手で軽薄なものだと思ってるんだ。その点ではジェレマイアと考えが同じだね。オーティスのまえでそんなこと言ったら大騒ぎになるけど」

　エリックは、昨日よりもデミの家から離れたところに車を止めた。ポーチの明かりがついていた。

「電話番号を教えて」とエリックは言った。「オーティスの家は携帯の電波が届かないから電話もメールもできない。でも町にいるときならかけられるから」

「いいわ。あなたのも教えてね。あなたの携帯にわたしの番号を入れるから、あなたもそうして」

ふたりは互いの携帯に番号を入力して、相手に返した。それから微笑みながら見つめあった。離れたくなかった。幸せなひとときだった。

「急がなきゃ」エリックが残念そうに言った。「もう一度キスしたくてたまらないけど、それじゃ図に乗りすぎだな。それに、始めたらやめられなくなる」

デミは彼の手を取り、ぎゅっと握った。「話してくれてありがとう……昔のこと」ぎこちなく言った。「じゃあ、またあしたね」

彼の手を握って座っているのはばかみたいな気がしたが、デミが手を引こうとしても彼は離そうとしなかった。川でデミを捕らえた魔力が温かかな興奮の波となって押し寄せ、体が浮いたような気がした。キスがなくても充分だった。熱を帯びた記憶が空白を埋めてくれた。あのワイルドで息もできないようなキス。波打つ水、彼の分厚い胸、デミが彼のものを握って、長くてかたくて熱いそれをさすったときの速くて力強く鼓動。

やめなさい。いますぐ。

だが、エリックはデミの手を自分の口元に近づけてキスを始めた。

ゆっくりと、そしてやさしく触れる唇の感触に体の奥が揺り動かされる。あらゆるところが彼とつながり、刺激されている感覚。皮膚の表面に震えが走る。まるでオルガスムだ。体が期待にうずく。

ちょっと手にキスをされただけで赤くなって震えて、いってしまいそうになるなんて。新たな目覚めに体が熱くなる。

「エリック」とささやいた。

彼はデミの指の関節ひとつひとつに順にキスをしていった。心のこもったキスだった。「何？」

「図に乗ってるわよ。ものすごく」

「そうかも。いっそとことん図に乗ってやろう」彼の唇は指先に移り、そっと吸った。

「仕事に遅れるわよ」デミの声は震えていた。

エリックは鋭く息を吸い、デミの指を自分の頬に押し当てた。熱くてなめらかな肌。力強く突き出た骨。伸びはじめた髭。「じゃあ、あした」

「ええ、あした。おやすみなさい」

そうささやきながらもデミはそこから動けなかった。

「このまま乗っててくれるなら、またきみの手をむさぼるよ」笑っているような声だった。

その言葉で、デミは車から降りた。エリックは窓枠に肘をかけたまま、車を出そうとしなかった。「きみが無事に家のなかに入るのを見届けるまではここから離れられない」と彼は言った。

礼儀正しくて昔かたぎ。デミはすっかり魅了されたが、意志の力を総動員し、やっとのことで輝くような笑みに背を向けて歩きだした。

彼が熱っぽく見つめているのを意識しながら。

ダイニングルームで両親が待っていた。その顔を見たとたん、デミの高揚感は消えた。ふたりのこわばった渋面は、デミを不安にさせる。母方の祖父のショウもいたが、ありがたいことに祖父のしわだらけの顔には非難の色はなかった。心配だけが浮かんでいる。

「やっと帰ってきたか」父の声は冷たく重々しかった。

デミはマントルピースに置かれたアンティークの時計に目をやった。「まだ八時五分まえよ」

「どこにいたの？」母が尋ねた。

「仕事のあと暑かったから、公園に行ってサークル・フォールズでちょっとだけ泳いだの」

「エリック・トラスクと一緒にな」体に張りついているTシャツを不快そうに見ながら父が言った。

デミはゆっくり十数えて声を落ち着かせてから答えた。「生意気は言いたくないけどパパたちには関係ないわ」

「レリーンから電話が来たのよ。あなたがあの子と出かけていったって」

「あの子だなんて。彼は立派な大人よ。二十四歳の。犯罪者でもない。懸命に働いているわ。三つの仕事をかけもちしてるの。寝る間も惜しんで。事業を立ちあげようとしていいのよ」

父が冷ややかに笑った。「ほう、そりゃ楽しみだ」

「わたしも楽しみよ」とデミは言った。「立派な事業になるわ、きっと。だから彼にも息抜きが必要なの。どうしたの？　彼のどこが気に入らないの？」

父はテーブルを手のひらでたたいた。「あいつは危険だ！　狂気の館で育てられて

――」

「彼のせいじゃないわ！」

「彼のせいじゃなくても関係ないのよ」母がすがるように言った。「聞いてちょうだい。彼のせいじゃなくても事実は変わらないし、危険なのも変わらない。だめなものはだめなの。オーティスは友人だからこんなこと言いたくないし、彼が三人を引き取ったのは寛大で立派な行ないだったと思う、でも、あの兄弟は時限爆弾よ。いつか爆発する。そのとき、あなたに彼のそばにいてほしくないの」

「エリックは時限爆弾なんかじゃない。ママたちはちゃんとした理由もなく偏見の目で彼を見ているのよ。がっかりだわ。彼は夢を持って必死に働いている。彼のそういうところをわたしは尊敬しているの」

「ハニー、お願い。彼だけが問題だというわけじゃないの。彼は、もっと大きな問題の象徴なのよ。たとえばあなたの選択。将来に大きな傷がつくかもしれないわ」

「選択って？　専攻を変えたこと？　カリナリー・インスティテュート？　インターン？　どれのことよ？」

「口を慎みなさい」と父が言った。

「つまりね、あなたはまだ人生経験が浅いから、いま自分が下している決断が将来どんな結果をもたらすかわかっていないのよ。ショウ製紙会社を次の時代につなげられるのはあなただけなの。あなたはそれがまだわかってない。だからおじいさまとも相談して、あなたのその……気まぐれにお金を出すことはできないということになったの」

デミは喉を締めつけられたような気がした。「気まぐれじゃないわ。何年もまえからそうしたいと思ってた。高校のころからケータリングのアルバイトをしていたじゃないの。今回のインターンはものすごいチャンスなのよ」

「あなたにはそう思えるんでしょうけれど、ただ目がくらんでいるだけよ」

「つまりカリナリー・インスティテュートの授業料は自分で払えってことね？」

「デミ、お願い。そんなことでお金をどぶに捨てるのは――」

「もういいわ、ママ」デミは母をさえぎった。「自分でなんとかするから。エリックが将来のために三つの仕事をかけもちしてるんだもの、わたしだってできるはずよ」

「そんなに怒らないで！」

デミは階段をのぼりかけた足を止めた。「怒ってないわ、ほんとうよ。がっかりさせちゃったのは悪いと思ってるけど、もう決めてるの。乾いた服に着替えてくるわ」

「間違ったことをしているくせにそんな偉そうにするな」

デミは父に向き直った。顔が熱くなった。「間違ったこと？　わたしが？」とゆっくり言った。「よくそんなことが言えるわね」

「どういう意味だ？」

「以前タコマの配送センターで起きたこと、知ってるのよ。わたしはまだ高校生だったからここに住んでた。叫び声やどなり声が聞こえたわ。聞こえないほうがおかしいぐらいよ」

母が目を見開いた。「デミ、やめて。いまの話とは関係ないわ」

「パパはショウ製紙からお金を盗んだんでしょ」

「盗んでなどいない！」父はどなった。「誤解だったんだ！　全部返した」

「そうでしょうね、捕まったんだから」

「デミ！　お願いだからやめて！」母はいまにも泣きだしそうだった。

だがデミはかまわず続けた。「グレンジャー・ヴァレー配送センターに異動になったのはそのせいでしょ。タコマより小さいわよね？　動くお金の規模が小さいから誘惑も少ない。表に出ることも少なくて、またトラブルを起こす可能性も低い。そういうことでしょ、おじいさま?」

祖父は腕組みをして座ったままで、その顔にはなんの感情も浮かんでいない。デミの言葉を肯定も否定もしなかった。その必要はなかった。

父がいきなり近寄ってきて平手打ちをした。デミはうしろに吹っ飛び、手すりにぶつかった。

「ベン!」と母が叫んだ。「やめて!」

「もうたくさんだ、ベネディクト」祖父が大声で言った。「二度とするな!」

「ハニー、大丈夫?」母が父を押しのけて階段を駆けのぼろうとしたが、デミは手で顔を押さえながら逃げた。この程度の平手打ちを父から受けるのははじめてではないが、いつだって頭にくるし屈辱を感じる。それでも、どうしても口を慎むことができない。

「大丈夫よ。慣れてるから。わたしは何をしてもパパを怒らせるの」

「しばらくわたしのところに来てはどうかね?」と祖父が言った。

デミはうめきをこらえたが、祖父の申し出には心動かされた。祖父はすばらしい人だ。だが、善意からではあるがやはり干渉してくることが多く、それが重かった。

「ありがとう。でも、自分の部屋でしばらくひとりになりたいだけ」

階段を駆けのぼるデミの背後から三人が何か叫んだが、デミはそれを無視した。一刻も早くドアの向こうに逃げて鍵をかけたかった。

ようやくドアを閉めると、床に座り込み、ずきずきと痛む頬に手をやった。

もうここにいることはできない。節約のためにあと二、三週間我慢するのもいやだ。どのみち今年はカリナリー・インスティテュートに通えない。自分のお金では無理だ。

予定変更。すぐにシアトルに行かなければならない。なんとかして、インターンの合間にできるケータリングの仕事を見つける。インターンが終わったら、昼はできるだけ給料のいい仕事を探し、夜と週末はケータリングのアルバイトをすることで収入を倍にする。大都市の家賃は高いから、シェアハウスを探す。食事はケータリングの残り物ですます。どこに行くにもバスを使うか歩く。

目標に向けて、わずかなお金でも節約するつもりだ。エリックのように。

彼にはいろんな意味で刺激を受ける。

エリックとのデートの約束がなかったら、すぐにでもバスの切符を買うところだ。

でも、大事なことを優先しなければ。もう一度あの、体が浮くような、頭がとろけてしまいそうな欲望を味わいたい。地面が崩れるようなオルガスムを。

それがデミにとっての輝ける賞品だった。それに手を伸ばし、つかむつもりだ。

そうしたっていいはず。すでに代償は払ったのだから。

# 5

その朝、エリックはみしりときしむ箇所を用心深く避けながら、階段を降りた。夜明けまえに帰宅したとき、オーティスのピックアップのうしろにオートバイとビュイックのレンタカーが止まっているのを見た。兄弟が帰ってきたのだ。海兵隊に所属するメースが休暇中のため、オーティスがアントンをラスヴェガスの豪奢な隠れ家から呼び出してみんなを集めることにしたのだ。全員が集まるのは最近ではめったにないことだし、ましてショウズ・クロッシングでは絶対にないことだった。ふたりを帰ってこさせるのは骨折りだと、オーティスはいつもこぼしている。

時刻は六時十五分まえ。エリックは豹のようにゆっくり廊下を進みながら、玄関広間にかかる数々の写真に視線を滑らせた。オーティスはバードウォッチングと野生生物の撮影を趣味にしており、自分が引き取った三人兄弟も野生生物そのものだというのが彼のお気に入りのジョークだった。そういうわけで、キツツキやアカオノスリ（鷹の仲間）、ハクトウワシ、ヘラジカの写真のあいだには、エリック、アントン、メースの写真も飾ってある。車を修理しているところ。ポーチで大の字に寝そべっているところ。川に飛び込むところ。

一番いい場所に飾られているのが、三枚の写真をひとつの額にまとめてあるものだ。三人の高校の卒業写真。帽子にガウン姿で映っている。

三人の卒業はオーティスの誇りだった。

もう少しで玄関のドアだ。慎重に。誰も起こさずにすめば……。

「おやおや」キッチンからアントンの声が聞こえてきた。「夜明けとともに挨拶もせずに出かけようとするのはどこの誰かな？」

エリックは凍りついた、どうやら逃げられそうにない。失敗だ。

キッチンに行くと、とっくに目覚めて着替えも済ませたオーティス、アントン、メースがテーブルについていた。コーヒーを飲みながら、それぞれに心配と不満のまなざしでエリックを見つめた。

「ずいぶん早いんだな」オーティスが関節炎で節くれだった手にコーヒーのカップを

持ち、ふさふさした白い眉毛の下からエリックを見た。眼光が鋭くワシ鼻で、いかつい顔をしている。警察署長という仕事を引退してからというもの、白髪交じりの髭を伸び放題にしている。その髭と、骨ばった体ではためく格子柄の古いフランネルシャツのおかげで、開拓時代の山の男に見える。実際そのようなものだ。

「おはよう」エリックは警戒しながら言って、兄弟たちを見た。「会えてうれしいよ」

「ほんとうか？」アントンは椅子の背に寄りかかって言った。いかにも怠惰(たいだ)でのんびりしているように見えるが、実際の彼はその真逆だ。

「髪を切ったんだな」とエリックは言った。「どうした？　兄さんの誇りと喜びだったのに」

アントンは手を上げて、サイドがとくに短くなったぼさぼさの髪に指を通した。

「うんざりしてきたんだ。梳(と)かすのにも、排水管を詰まらせるのにも、ベッドで女の子たちの下敷きになるのにも」

「そこでやめておけ」オーティスが舌打ちした。「下ネタはごめんだ」

アントンは一瞬笑みを浮かべた。「ごめん」頭頂部の髪に手をやりながら言った。その動作で、グレーのTシャツに隠れた胸筋が動いた。彼がオーティスの家でTシャツを着るのは、広い範囲に入れているタトゥーへの不満を隠そうとしないオーティスに配慮してのことだ。だがこのタトゥーのおかげで、アントンの背中に残るむちの痕が目立たなくなっている。それが狙いで入れたのだろうとエリックは思っている。

彼らに見つかることはわかっていたはずだ。アントンもメースも早起きなのだから。というより眠りが浅い。兄弟全員が神経過敏で落ち着きがなく、誇大妄想の気があった。ジェレマイアの忠実な軍の前衛として絶えず訓練されていたために、つねにストレスに敏感で、ゆっくり眠ることができないのだ。

「こんなにすぐに出かけるのか？」とメースが言った。「おれたちは着いたばかりだ。座ってコーヒーを飲めよ」

「だめだ、急がなきゃ。建設現場の早番なんだ」

「朝の六時に？」アントンが言った。「なるほど、長い一日だからシャワーも長かったんだな」

メースが顔を近づけてにおいをかいだ。「どれだけコロンをつけたんだ？　ウッディーでスパイシー、それにかすかなベルガモットの香り。女をワイルドにする香りだな」エリックの顔をぴたぴたとたたいた。「赤ん坊の尻みたいにすべすべだ」

エリックは弟から離れた。「やめろよ、ばか野郎。なんだってんだ?」

「言葉に気をつけろ」とオーティスが言った。「汚い言葉は愚か者が使うものだ」

メースは立ちあがり、食器棚からカップを取った。コーヒーを注ぎ、空いた椅子のまえに置いた。「座れよ」

エリックは、彼の大きな手と太い腕に残るつややかな火傷(やけど)の痕を見つめた。人々の注目と好奇心を喚起(かんき)する、〈ゴッドエーカー〉の火事の置き土産だ。

メースは兄弟のなかで一番体が大きかった。エリックとアントンも身長六フィート三インチあるが、メースは筋肉隆々で身長も六フィート五インチまで伸びた。三人のおかげでもともとあったキッチンの椅子は壊れ、オーティスは金属フレームのものに買い替えなければならなかった。

メースのくすんだブロンドの髪は、伸びかけているエリックの髪と違い、短く切ってあった。目は明るいグレー。角ばった顎にむさくるしく伸びている髭は赤みがかった金色だ。

オーティスは有無を言わさぬ調子で椅子を示した。「座れ。旧友のヘンリー・ショウから昨夜かかってきた電話のことで話がしたい」

エリックはうんざりして目を閉じた。「くそったれ」

「言葉に気をつけろってば」とメースが茶化した。「愚か者っぷりがにじみ出てるぞ。だけど責められないな。おれもデミ・ヴォーンを見たことあるけど、あのふっくらして先がつんととがった――」

「黙れ」

「メーソン！」オーティスも叱るように言った。「若いレディに敬意を持て」

「信じてくれ、敬意しかないよ。あんなすてきなおっぱ……痛っ」

アントンがエリックから目を離さぬままメースの後頭部を殴り、メースはテーブルに顔をぶつけた。コーヒーカップが音をたて、メースは悪態をついて文句を言ったが、アントンは気づいてもいないようだった。エリックの頭のなかを透視するのに忙しいのだ。

アントンに見つめられると催眠術にかかったような妙な感覚を覚える。子どものころから、アントンは誰かを見つめることでその頭のなかをのぞけるようだった。棚や引き出しを開けたり、岩をひっくり返したり、自由に探しまわったりするのと同じように。

エリックについても、エリック自身が気づかないことをアントンは見てとる。見てとったものを自分の頭のなかの不思議な処理装置にかけて、彼が知らなくていいようなことを推測したりする。

アントンは首を振った。憐れんでいるかのようだった。「ばかだな。終わりだよ。全部顔に書いてある。聖なる泉の水を飲んだんだな。覚悟しろ」

「なんてこった」オーティスは両手で頭を抱えた。「嘘だと言ってくれ。ばか者め」

嘘だとは言えなかった。エリックは目をそらし、口を閉じた。

居心地の悪い沈黙を破ってくれるのはいつもメースだ。「おい！　見ろよ！」エリックのバックパックから取り出したコンドームの箱を振りかざして言った。「下心ありだな？　封はまだ切ってないが、おれが代わりにやってやる」彼は封を切った。

「触るな！」エリックが箱をひったくった拍子に、ひと続きになったコンドームの包みが落ちてオーティスのコーヒーカップに当たり、そのあとテーブルの上に鎮座した。

オーティスは痛むかのように額をさすった。「将来のために馬車馬みたいに働いて貯金するんだと言っていたな？　それがヘンリー・ショウの孫娘といちゃついているとは。正気の沙汰じゃない。おまえはあの娘には手を出すな」

「それを決めるのは彼女自身だ」エリックはコンドームの包みを折りたたんで箱に乱暴に突っ込んだ。「子どもじゃないんだから。決めるのは彼女の父親でも祖父でも義父さんでもほかの誰でもない。おれたちのことはほうっておいてくれ」

オーティスは首を振りながら何やらつぶやいた。

「悪いけどもう行くよ」エリックはバックパックを肩にかけながら言った。「帰ってきたら話そう。老人ホームの仕事は今日は休みだろう？　三人で物置小屋の片づけを手伝ってくれ」

「ええと……」エリックは口ごもった。「帰りは遅くなる。仕事のあとに用があるんだ」

メースがくすくす笑った。「なんかあるらしいぞ。熟れた果実みたいにそそられる、かぐわしくてやわらかい――」

「黙れ！」オーティスとエリックが同時に叫んだ。

エリックはオーティスと視線を合わせた。瞬きなどしない。恥じることなど何もないのだから。

オーティスはげんなりしたように首を横に振った。「あれだけの経験をし、まわりに傷つけられ、大事な人々を亡くし……。そんな修羅場の生き証人がここまで世間知らずとは」

「世間知らずなわけじゃない。ただ自分のことに集中しているだけだ」

「ショウによるとそうでもないようだぞ。ベン・ヴォーンは役立たずの間抜けだが、それでもヘンリー・ショウの娘婿で、ヘンリーはあらゆる意味でこの町を牛耳っている。ショウがおまえを敵にまわそうと決めたらそれを止めることはできない。わしにもな。昨夜、はっきりそう伝えてきたよ。おまえはどうかしてる。頭が弱い」

「頭が弱いというより――」とメースが助け舟を出した。「女に弱い。原因は違うけど結果は同じだ。こっちのほうが面白い。だけど、ほんとうに人生を台なしにして運命に押しつぶされるつもりなら、せめて悔いが残らないようにしろよ。そうだろ?」

「もう黙れ」エリックは食いしばった歯のあいだから言った。「仕事に遅れ――」

「仕事は失うだろう」とオーティスが言った。「どの仕事もだ。ショウズ・クロッシングのまともな雇い主はみんな、あの娘の祖父に逆らおうなんて考えない。それは間違いない」

「わかってるよ。死んだ馬をむち打たないでくれ」

「それなら馬を殺すな！　おまえには必要な馬だ！」

　エリックはドアに向かった。「もう行くよ」

「エリック」オーティスの声に、エリックは足を止めた。「何年もまえに言ったことだがまた言わなきゃならんようだ。面倒を起こしたら、あるいは誰かを傷つけたら、あるいは人に迷惑をかけたら、覚えておけ。もしおまえが法を犯したら、わしは見捨てる。説明も釈明も聞かない。保釈金も払わないし弁護士もつけない。ひとりで苦しめ。絶対に、へまはするな」

「わかった」

　オーティス、アントン、メースはポーチに出て、エリックが〈モンスター〉のエンジンと格闘するのを見守った。恩知らずの無礼者みたいにオーティスに背を向けるのは本意ではなかった。

　だが自分の思いを説明することはできなかったし、自己弁護もできなかった。もう決まったことだ。デミが想像もしていないようなワイルドな悦びを与えるために、彼女を秘密の場所に連れていく。それが計画であり、もうあと戻りはできない。誰になんと言われても、絶対に。

頭のなかであがる欲望のうなり声は、どんな理性の言葉をもかき消すほど大きかった。

車を出し、割れたバックミラーに映る家族の心配そうな顔がしだいに小さくなるのを見ながら、冷たい手で腹をつかまれた気がした。恐怖に近い感覚だった。

だが欲望のほうが強かった。

# 6

音はようやくベネディクト・ヴォーンの脳に届いた。鍵をかけたデスクの引き出しからかすかに聞こえるその音は、瀕死(ひんし)の虫の羽音のようだった。電話は肌身離さず持ち歩くよう指示されているが、そうすると気になってたまらない。それに注意を引く。オフィスにいたのは幸いだった。この相手を無視するわけにはいかない。

ベネディクトは、三杯めのスコッチのせいでかすかに震えている手で引き出しの鍵を探した。四回めの呼び出し音。五回め。六回め。

やっとのことで電話を取り出し、通話ボタンをタップした。「もしもし。ベン・ヴォーンだ」

返答のまえの一瞬の間は、無言の脅(おど)しだった。「二度とこんなに待たせるな」低い声はやさしそうに聞こえるがそれは偽りだ。

「ああ、すまない。ちょうどいま――」

「おまえが何をしていようと興味ない」

「ああ……。それで、わたしは何をすれば――」

「訊かなきゃわからないか？」

ベネディクトは必死に正解を思いつこうとした。「いや、ただ――」

「いま、トラスク兄弟が全員ショウズ・クロッシングに集合している。五年ぶりのことで、わたしとしては気に入らない。おまえがするべきことはひとつだ、ベネディクト。たったひとつだ」

「彼らは、〈ゴッドエーカー〉に戻りたいというそぶりは見せていない」ベネディクトはびくつきながら言った。「オーティスに会いに来ただけだ。わたしの考えでは――」

「おまえの考えを聞くために金を払ってるわけじゃない。窮地から救ってやったのだから、おまえはわたしに借りがあるはずだ」

「それは感謝している」とあわてて言った。「だがわたしは――」

「わたしの話をさえぎるな。おまえは考えるのに向いていない。ただ言われたとおりにするんだ。そのために金を払ったんだからな。おまえの仕事は失敗しているぞ」

「だがわたしは――」

「おまえの娘はエリック・トラスクと一緒にいるところを見られている。手をつないでキスをしているところを」

「その件は対処した」

「トラスクの連中がここでうろちょろするのだけは避けたい。歓迎されていないということをやつらに思い知らせるのがおまえの仕事だった。おまえは、どんな手を使ってでもやつらをこの町から追い出すはずだった」

「そのとおりにした！」

「おまえの娘はあの男に向かって脚を開いているのだぞ。わたしの目的に反することじゃないか？」男のねばっこい口調に、ベンは恐怖と同時に怒りを覚えた。

「脚を開いてなどいない。娘とはもう話をした。あの子は――」

「なるほど、この件はおまえを悩ませているわけだな。それはありがたい。おまえが悩んでいると知ってうれしいね。われわれの利害が一致したことになるからな。あの男はわたしの個人的な利害に関わると同時に、おまえの家族の将来にも関わるわけだ。

しっかり頼むぞ」

ベネディクトはとまどい、口を開けてからまた閉じた。「ええと、つまりわたしが——」

「おまえの仕事をわたしにやらせるな。おまえに払った分を稼げ。おまえを刑務所行きから救った金だ。頭を使うんだ。問題は排除しろ、永久にな。わかるな？」

「ああ、まあ」ベネディクトは口ごもった。「もちろん、心配しないでわたしに……もしもし？」

電話は切れていた。

「ベン？　ハニー？　誰と話していたの？」

エレインが部屋の入口に立っていた。電話に気を取られ、ドアが開いたことに気づかなかったのだ。「ノックもなしに入ってくるなと言わなかったか？」

エレインはひるんだが、引きさがりはしなかった。彼女の視線がスコッチのグラスを捕らえてから、もう一方の手の電話に移った。「それ、あなたのスマートフォンじゃないわね」

「きみには関係ない！」どならずにはいられなかった。

エレインはなんでも見てとってしまう。ベネディクトは彼女のそういうところに惹かれたのだ。頭がよくて鋭いところ、聡明さを感じさせるグリーンの瞳に。その後、遅ればせながら知った。知性あふれる大きな目で見なくてもいいものまで見てしまう女性と暮らすのがどういうことか。

エレインは自分が結婚した相手を知りすぎるほど知っている。それがベネディクトの身をすくませる。そして娘も母そっくりだ。母と同じ、多くを見てとる物おじしない目。

「仕事用だ」電話をポケットにしまいながら言った。

「使い捨てじゃないの。仕事に使い捨て電話は使わないでしょ？ それに、相手は怒っていた。仕事の電話には聞こえなかったわ。まえにもそういう電話を受けていたわよね。誰なの、ベン？」

「仕事だ！ 通話が切れただけだ。心配するようなことはない。考えすぎだぞ。嗅ぎまわるのはやめてくれ。いらいらするんだ」

エレインは黙って彼を見つめていた。それがよけいに腹だたしかった。「なんだ？ 言ってみろ！」

「レリーンからまた電話が来たの」

ほら来た。ベネディクトは身構えた。「それで？　何を報告してきた？」

エレインは口を引き結んだ。「デミがまたエリックと帰っていったって。彼のあのポンコツ車が通りに止まっていて、あの子はまっすぐそこに行き、車のなかで彼とべたべたしていたそうよ。みんなが見ている公道で。それから車は走り去った。いま、彼と一緒にいるわ。どこかで」

恐怖を押しのけて怒りがわき、目のまえに赤い靄がかかった気がした。なんて勝手な子だ。わたしの顔に唾を吐くようなことをするとは。わたしへの嫌がらせのためにあのくず野郎に身を投げ出すとは。あれだけのチャンスと特権を与えられたというのに。感謝のかけらもない。

「レリーンには、もうこういう報告をしてこないよう言っておいたわ」

「なんだって？」ベネディクトはぎょっとした。「なぜだ？　どうかしている。あの子を監視しなきゃならないのに」

「その必要はないわ、ベン。こんなふうにあの子をスパイするなんて間違ってる。あの子はもう大人よ。あの子が選ぶボーイフレンドをわたしたちが気に入ろうと気に入るまいと。デミを責めることはできないわ。彼とあの子はお似合いだもの」

「頭がどうかしたのか？」

「いいえ」エレインは顎を上げた。「わたしは公平になろうとしているの。それに、娘との関係をよくしようとしているのよ。あなたはなんの努力もしていないけど。エリック・トラスク……よくわからないけれど、そんなに悪い人じゃないかも。国を守るために軍に入ったし、勤勉だし、トラブルを起こしたりもしていない。子どものときに大変な思いをしてきた彼が成功しようと頑張っているのは立派だわ。彼にチャンスを与えるべきなんじゃないかしら？」

目のまえの赤い靄がさらに広がった。「娘があんな卑しい男に汚されるのを許してたまるか」

エレインは目を丸くしてあとずさりした。「ベン！　興奮しないで！」

ベンはからのグラスを壁に投げつけた。グラスは家族写真が入った額に当たり、額のガラスが割れた。割れたガラスがペルシャ絨毯（じゅうたん）の上に散らばった。「あきらめるのか？　二十二歳で体面を失うのを黙って見ているのか？　きみは母親なんだぞ、エレイン。どうしてそんな考え方ができる？」

「ベン、おおげさよ。わたしはただ、彼はそんなに――」

「やつはサイコパスに育てられたんだぞ。ゆがんでいる。うちの家系にそんな男の血を受け入れたいのか？　わたしはごめんだ」

エレインは怯えた様子でドアのほうにあとずさった。「ベン」その声は緊張してこわばっていた。「大事なことを忘れてるわ。あの子を止めることはできないわよ」

「いや、止めてやる」

「どうやって？」

重苦しい沈黙が流れ、彼女の目に宿る恐怖がしだいに増していった。

「ベン、法に触れるようなことをするんじゃないわよね？　そんなことしたらあと戻りできなくなるわ。それについてはもう話しあったはずよ」

「芝居がかった言い方はやめろ」ベネディクトはかみつくように言った。「考えなければならないのに、きみは邪魔ばかりする。出て行ってくれ。それから、わたしのオフィスに入るまえに必ずノックしろ。それについても話しあったはずだ、覚えているか？　お互いの領域を守るんだ」

押し出そうとしたがエレインは動かなかった。「ばかなことはしないでよ、ベン。

すでに充分しているんだから」

ベネディクトは力いっぱいドアを閉め、妻の目に満ちた恐怖を視界から追い出した。

# 7

デミはリュックサックを〈モンスター〉の後部席に投げ入れてから自分も乗った。まだ何も言わないうちにエリックに引き寄せられ、熱く官能的なキスを受けた。誰もが見ているまえでの大胆な誘い。デミはうっとりした。やわらかくて熱い唇がデミを味わい、口を開くよう促す。デミを骨抜きにし、息もできなくさせる。あらゆる手を使って説得しようとするような、そんなせっぱつまったキスだった。もう説得されているのに。デミは完全に彼のとりこになっていた。

通り過ぎる車がクラクションを鳴らしていった。開いた窓の向こうを歩く人々のくすくす笑いや息をのむ音が聞こえたが、気にならなかった。大事なのは彼とのつながりとワイルドな興奮だけだった。恐ろしいような悦びが全身に広がってデミを満たし、まるで噴水のようにあふれ出る。熱く、甘い悦び。

早すぎるわ。落ち着きなさい。落ち着くのよ。自分の感情が手に負えなくなっている。

誰かがボンネットをたたいて言った。「ホテルでやれよ」

エリックは体を離し、荒い息をはきながら言った。「ごめん、きみに触れると松明(たいまつ)みたいに燃えあがってしまう。ねえ、どうかな?」

「何が?」彼の思考の流れについていけなかった。頭が混乱している。

「ホテルだよ、あの男が言ったみたいに。きみに見せたかった場所に行くには四十分くらいかかる。着いたころもまだ太陽は出ているだろう。でも、きみがハイキングの気分じゃなかったら、このまま車でグレンジャー・ヴァレーに行って、〈ポンデローサ・モーテル〉かどこかのベッドでくつろぐこともできる。それもなかなかよさそうだ。どうするかはきみが決めてくれ」

デミは、熱くて湿ったシャツの上から彼の胸を押した。「わたしは秘密の滝に惹かれてる」

「おれもだ。でもいまではホテルにも惹かれてる。次はそっちにしよう」

「すてき」

車はケトル・リヴァー渓谷への道に向かい、デミははっとした。「待って。これって〈ゴッドエーカー〉に行く道じゃないの？」

「ああ。でも車を止めるのはずっと手前で、そこからは歩いて川のほうに向かう。心配ないよ、きみをあそこに近づけたりしない。兄弟もおれもあそこには行かない。何があろうとも」

デミは体のなかを冷たい風が吹き抜けたような気がして震えた。「そうでしょうね」

細くでこぼこの道を上下左右に揺れながら数マイル走ったのち、〈モンスター〉は雑草のはびこるさらに細くさらにでこぼこした伐採道に入った。樅の若木が立ち並ぶうしろに〈モンスター〉を停めると、エリックはデミに向かって微笑んだ。「ここから歩くけどいい？」

「ええ、もちろん。楽しみだわ」

エリックは自分のと一緒にデミのリュックも肩にかけると、うっそうとした木々のあいだを縫うようにして斜面を下るけもの道を、ケトル・リヴァーに向かって進みはじめた。川はうなりながら、岩の深い裂け目のあいだを跳ね、ふたりは水流に磨かれた大きな岩から岩へと飛び移りながら進んだ。途中で反対岸に渡った。そこは水音が大きく、話ができなかった。

ふたりは、ケトル・リヴァーに流れ込んでいる狭い流れの河口に着いた。その流れを上流に向かうと、苔むした渓谷が現われた。渓谷の崖はしだいに高くなり、その分、影になる部分が増えていく。しずくが落ちる渓谷は、秘密めいて静謐（せいひつ）で、別世界へ続く魔法の入口みたいだった。

川に沿ってしばらく歩くと、苔ややわらかな茂みにおおわれた石の壁に阻（はば）まれた。そのすきまを速く静かに流れる水はクリスタルのように澄んでいて、その色は青みがかった美しいうす緑に変わっていた。

「この先は水のなかを歩かなきゃならないんだ」とエリックが言った。「濡らしたくないものは脱いでリュックに入れるといい。おれが全部頭に乗せるから」

「そんなに深いの？」

「おれの胸ぐらいまではあるな。首までだったこともある」

それだとデミの眉より上になってしまう。

仕事が終わってから着替えたタンクトップとデニムのショートパンツを脱いで、モスグリーンのビキニ姿になるのは照れくさかった。今朝このビキニを選んだのは、胸を高く上げてくれるのと、ボトムのリボンの蝶結び(ちょうむす)が鏡に映すと挑発的に見えたからだ。だが、町から離れ、静かな川のせせらぎと木陰のなかにいると、ひどく無防備で弱くなった気がする。

エリックの熱い視線にたちまち体がほてりだす。彼はワークブーツと服を脱いだ。彼自身が勃起しているのがはっきりわかり、デミの顔は燃えるように熱くなった。挑発的なビキニは与えられた役割を果たしたらしい。彼のものはかたく太くはちきれそうだった。

それを見るだけで、デミの呼吸は乱れて切れ切れになった。準備万端なようだ。

エリックはデミの荷物もまとめてぼろぼろのバッグに詰め込み、頭の上に乗せてから水のなかにはいった。胸まで水に浸かると、一回鋭く息を吸ってから振り向いてデミのほうに手を差し出した。

デミはその手を取り、彼に続いて水に入った。「うわっ、冷たい」

水面に髪が広がった。エリックはデミの手を離して長い巻き毛をゆっくりと恭(うやうや)しくなでてから、また手を取った。

「こんなことしている場合じゃない。日はいつまでものぼってるわけじゃないからね。

明るいうちに急ごう。渓谷の奥まで来ると日が暮れはじめるのが早いんだ」

幅があって水音が大きいケトル・リヴァーほどではないが、ここも流れが強く、デミは川底に足がつかなかった。片手で泳いだが、まえに進んでいるのはエリックが引っ張ってくれているおかげだった。水の冷たさの衝撃も消え、しばらく進んだあとには、なめらかな小石や砂の感触を足の下に感じられるようになった。

大きな石が集まって山を作っているところによじのぼり、あたりを見まわして驚いた。

まるで、花崗岩(かこうがん)でできた巨大なボウルのなかにいるようだった。その一カ所から滝が落ちている。大きくも高くもない滝だが、結晶化した石の表面のでこぼこに当たってあちこちに飛ぶ水しぶきが、まるで妖精のシフォンのスカートのようで幻想的だ。

デミはうっとりした。滝つぼの周囲には黄色い花が、水しぶきを浴びて咲いている。岩肌は分厚い苔とつる性の植物におおわれている。細かく震える緑の葉のあいだから差すこの日最後の太陽の光が、虹を作っている。

「すてきだわ。こんな完璧なもの見たことがない」

エリックは満足げだった。「そうだろ？　おれも久しぶりだ。ちゃんとした名前がついているのかもしれないけど、それはどうでもいい。おれたち兄弟のあいだでは母にちなんでリンジー・フォールズと呼んでる。母は、おれたちがこの滝を見つけた数カ月後に亡くなったんだ」

デミは彼の指に指をからめた。「気の毒に。いつのこと？」

「火事のまえの冬。おれが十五のときだった。肺炎でね。いつまでも咳が止まらなかったのに大丈夫だと言い続けて、結局大丈夫じゃなかった」

「大変だったのね」

「ああ。そこからおれたちの終わりが始まった」

「どんなふうに？」デミはそう尋ねて先を待った。

エリックは首を横に振った。「〈ゴッドエーカー〉は昔からひどいところだったわけじゃないんだ。昔、ジェレマイアが比較的まともだったころはいいことやいいときもあった。だけど母が亡くなってからジェレマイアは正気を失った。もともと安定しているとは言いがたかったが、母がうまくコントロールしていたんだ。その母が亡くなってからおかしくなった」

「ほんとうのお父さんなの？」デミは恐る恐る尋ねた。

「血はつながっていない。おれが四歳のときに母とおれたち兄弟は〈ゴッドエーカー〉に移り、それからわりとすぐに母とジェレマイアは親密になった。おれが覚えている父親はジェレマイアだけだ。オーティスを除けばね。もちろんオーティスを忘れちゃいけない。口うるさいけどいい人だ」

「ええ、すごくいい人だわ」

「いまはおれに腹をたててる。きみを追いまわしてるから。身の程をわきまえてないってさ」

デミは驚いた。「ちょっと待って。オーティスがわたしたちのこと知ってるの？」

エリックは笑った。「みんな知ってるさ」

デミは、自分も同じ状況だと話そうかと思ったが、すぐに考え直した。いまこのタイミングで、両親が彼をよく思っていないことを伝える必要はない。

大丈夫。両親だってわたしの幸せの邪魔はしないだろう。

だがエリックは、デミの頭をよぎる考えをアンテナのようにすべて捉えた。「きみもか？　きみの両親は、おれとつきあうのを喜んでいないんじゃないか？」

デミは肩をすくめた。「ふたりとも視野が狭くて、わたしの人生はこうあるべきって決めてかかってるの。あなたはそこに当てはまらない。でも正直に言うと、当てはまらないのはわたしも同じ。だから気にしないで。わたしは何をしても両親を喜ばせることはできないし、喜ばせようとして自分が傷つくのはいやなの」

沈黙のなかで鳥のさえずりと水音だけが聞こえた。太陽の光が波立つ川面（かわも）に差し込む。白い小さな蝶がひらひらと飛んでいる。青いとんぼが水面すれすれを飛ぶ。

デミは背中に手をまわし、ビキニのトップのホックをはずした。そして、岩に置かれたバッグの横にほうった。胸をさらけ出し、頬をピンクに染めてその場に立った。

「ここには反対する人は誰もいない。ふたりだけだわ」

エリックは何度も唾をのみ、デミを見つめた。「デミ、なんてきれいなんだ」

デミは、赤みが差す彼の頬を見つめた。濡れたボクサーパンツのなかで彼自身がいきり立っている様子が余すところなく見えた。

デミはビキニの下も脱いで上と同じようにほうると、恥じることなく裸をさらけ出した。自分が求めているのはこれだと、ここまで自信を持って断言できるのははじめてだった。彼を興奮させたい。彼に火をつけ、夢中にさせたい。

デミの思惑どおりになった。ふたりは無言のまま歩み寄り、激しくキスをした。濡れた冷たい肌同士がくっつく。肌の下はどちらも燃えるように熱い。デミは彼の肩に手を滑らせた。筋肉が発達した肩はかたく張っていて、つかむことができなかった。

彼の首に腕をまわしてしがみついた。ふたりは魔力に捕らえられた。ペースを落とさなきゃ。ブレーキをかけなきゃ。

そう思ってもできなかった。こんなふうに心を開いているのに。かすかなうずきとわきあがる感情がデミのなかで鮮やかな色となってはじける。心と体がまっすぐ彼に呼びかける。嘘はなし。隠し事もなし。

心は嘘をつかない。嘘をつけない。

でも壊れることはある。

エリックが顔を上げたので、デミは頭に浮かんだそんな思いを追いやった。「滝つぼの端まで行こう。見せたいところがあるから」

滝つぼを囲む岩はいくつもの冬とにぎやかな春を経て、シルクのようになめらかに削られ、磨かれていた。エリックが選んだ岩は、日中の太陽の光を蓄え、温かかった。

デミは岩の端に座り、脚を水に滑り込ませた。エリックは滝つぼのなかに入り、腰まで水に浸かりながらデミの正面に立った。

彼はデミの膝に手を置いてなでながら、体で問いかけて答えを待った。だが、すでに答えはふたりともわかっている。まるで儀式のようだった。彼は敬うようにゆっくりと膝をなで、辛抱強く待っている。

もう充分。デミは脚を開き、エリックのウエストにからめた。そしてウエストバンドからはみ出して水面に顔を出している赤黒くかたいペニスの先端をさすりはじめた。手で包み、さすった。にじみ出る液で手の滑りをよくしてから、手のひらでゆっくりと先端をなでた。乳をしぼるように太いペニスを握った。

ふたりはキスを続けながらうめき、体を震わせた。

エリックは水のなかに体を沈め、デミの胸に顔を押しつけた。乳首の周囲に舌を走らせ、続いてやさしく吸った。デミの内部からわきあがった快感が、輝く波となって途切れることなく続いた。

甘美な感覚がさらに鋭く、強くなり、デミはあえぎながら彼の肩にしがみついた。さまざまな感覚がひとつに融合し、目のくらむような快感が訪れた。

それは脈打ちながら全身を貫いた。深く、とめどなく貫いた。デミは体が溶けるような気がした。

目を開けると、涙で濡れていた。目に映るのは、青と緑、金、黒がぼんやりとまじった色だけで、デミは瞬きをした。周囲の崖は夕日を受けて金色に染まっていた。崖のへりを縁取るように松と樅の木が立っている。

デミは涙を拭いてエリックを引き寄せ、彼の頭に顔を押しつけた。短く刈った髪に鼻をすりつけ、キスをした。彼の髪は濡れてしょっぱかった。

「エリック」とささやいた。「すごくよかったわ」

「同じ思いだよ」彼は崇（あが）めるように顔を上げた。「なんて敏感なんだ」

「あなただからよ」彼にやさしく押し倒され、デミは彼の上腕にしがみついた。なめらかな岩のぬくもりが肌に心地よかった。「何をするつもり？」

エリックは彼女の脚を水から持ちあげてかかとを岩の縁に乗せ、膝を開いた。「図に乗ろうとしている」

デミは息を切らしながら笑ったが、彼が脚のあいだに体を沈めてそこに口をつけると、笑いが止まった。

ああ、最高。彼は恥丘にキスをしながら、指先で下の唇を愛撫する。デミはどうにかなりそうだった。彼の指が唇を開き、やさしくさする。それから、なめらかな内部にゅっくりと指を沈ませ、同時にクリトリスに舌を走らせた。彼の舌が、前後に軽く動く。やさしく吸い、周囲をなぞる。

デミが何を感じているか、エリックは把握していた。彼の舌は、デミが求めるとおりの動きをし、さらにいっそう完璧な動きに変わった。何度も何度も。絶え間なく。執拗に。

クリトリスをそっと吸い、指をなかに差し入れて巧みなわざで内部をくまなく探る。彼の指は情熱を帯び、デミの欲求にタイミングを合わせるかのように、さらに奥まで、さらに速く動いた。そしてデミは最後の瞬間に向かってのぼりつめ……。

そして果てた。

世界が完璧さの炎に包まれていくようだった。

炎が静まり小さく揺れるともしびに変わると、デミは目を開けた。彼がいつから待っていたのか、デミには見当もつかなかった。

「セックスの神さまね」微笑みながら小声で言った。

エリックはうれしそうだった。「きみとだと最高だ。圧倒されたよ。なんて言うか……きみを感じられた。つながっている気がした。こんなことははじめてだよ。まるで魔法だ」

「誰にでも同じこと言ってるんでしょ」

「違う」エリックは強い口調で言った。「ほかの女の子には絶対に言ってない」

デミは彼の頬骨を指でなぞりながら言った。「あなたはどう？」

彼はなでられている猫みたいにデミの手に顔をすりつけた。「おれ？　おれは幸福の絶頂だよ。甘いきみの味が口に残っている。きみを濡らし、脚を広げさせ、おれに身を委ねさせた。そしてすさまじいほどのクライマックスに導いた。これ以上のことはないよ」

「そう？」デミは体を起こし、両肘をうしろについて上体を支えた。すぐ横に、彼のコンドームが置いてあった。デミはそれを持って彼のほうに振って見せた。「とぼけちゃって」

彼の赤い顔がさらに赤くなった。「とぼけるつもりはなかったんだ。ただ、きみにプレッシャーを感じさせたくなかった。心の準備ができてからにしたかった。いつでもいいんだ」

「いまでいいわ。準備はできてるわよ。信じて、エリック。そうじゃなかったら、ここで裸であなたに脚を巻きつけたりしていないわ」

エリックはデミの手からコンドームを取り、封を切った。「おれを欲しいなら、もう手に入れたも同然だ」デミを引っ張り起こして座らせ、コンドームを渡した。「つけてくれ。おれも準備ができている」

デミは彼のペニスを握った。熱いそれが、手のなかで脈打っている。胸が躍った。彼の大きくて美しい体にどれだけの悦びを与えられるか、彼がどれだけ自分のなかに入りたがっているか。それを思うと大きな力を持っているような気になった。

デミがペニスをしごくと、彼はかたく目をつぶり、頭をのけぞらした。ゆっくりとねじるような手の動きが、彼の喉からうめき声を引き出した。首の筋が浮き出る。デミの腰をつかむ手に力が入る。「デミ」懇願するような声で彼は言った。

「気に入った？　もっとしてほしい？」デミは親指で先端をさすり、シルクのようななめらかな液を広げた。滑りがよくなり、さらに力を込めてしごけるようになった。デミの手のなかで、彼のペニスははやるように脈打つ。

「すごいわ。あなたの何もかもが」そう言いながらも大胆に彼のペニスをしごき続け、さらに液を引き出した。それを指につけ、自分の唇に持って行った。「おいしい」とささやいた。「甘くて塩辛くて熱くて。完璧よ」

「きみもだよ」とかすれた声でエリックは言った。

デミは彼のものを手で包んだ。「場所を入れ替わりましょう。今度はあなたに同じことをしてあげる。後悔はさせないわ」

「あとでだ。先にきみのなかでいきたい」

コンドームをつけるのはひと苦労だった。デミの指は期待に震えていたし、ペニスの先端は大きかったからだ。手こずった末にやっとうまくいくと、デミは根元から先端までじっくりとなでた。絞るように手を動かすたびに彼が漏らすくぐもった声が心地よかった。何度でも聞きたかった。

デミは温かい岩にあおむけになった。エリックは自分のものをさすりながらデミの脚のあいだに当てた。そして悦びの吐息とともにクリトリスにこすりつけた。

ゆっくりとなかに入り、ペニスを濡らして滑りをよくしてからさらに奥へと進んだ。強烈な快感に、デミは声をあげた。

彼はすぐに動きを止めた。「痛い?」

デミは答えようとしたが声が出ず、唇をなめて咳ばらいをした。首を振り、彼を引き寄せてひと言だけ言った。「もっとして」

# 8

もちろんだ、もっとやるさ。彼女が望むかぎり。いつでもどこでも、永遠に。おれは彼女のものだ。

魂が震えた。これほど完璧なものは見たことがなかった。色も感触も。これほどやわらかく、これほど鮮やかでなめらかなのはデミだけだ。ふっくらとしたピンクの唇。美しい瞳は、空と青緑の水の色を受けてふだんよりさらに緑がかっている。すべすべしたおなかとセクシーな丸いお尻。重力に逆らう豊かな胸。くっきりとついたビキニの日焼け跡にエリックの欲望が高まる。金色に日焼けしているが、エリックが腰を動かすたびに跳ねるように揺れる胸だけはクリーム色だ。そして、手入れされた陰毛のまわりは白い。

胸を吸うだけで彼女をいかせたことは大きな誇りだった。それで一点獲得だ。そしていま、彼女のなかを少しずつ進みながら、ピンク色に輝く陰唇がペニスにキスする官能的な光景をうっとりと見つめる。濡れて輝く彼女のやわらかい肉がペニスのまわりで膨張している。彼女は完璧だ。彼女のすべてが完璧だった。

エリックはあらゆることをしたかった。手で、口で、ペニスで彼女をいかせたかった。彼女に強い印象を与えたかった。そのためならどんな努力もする。手抜きはしない。

本気だった。彼女にはつねに最高の自分を与えたい。これまでなろうとしてきたなかでも最高の自分を。デミはそれに見合う存在だ。彼女を手放したくない。だから、エリックとしては最高の自分になるしか選択肢はないのだ。なんとしてでも彼女に釣りあう男になるのだ。

根元まですっかり彼女のなかにおさまった。彼女に包まれる感覚はなんとも心地よかった。

「きみのあそこは引き締まってる」腰を引きながら言った。「痛い思いはさせたくないからゆっくり進めないとな」

デミは首を振り、声を出さずにノーと言った。

「何がノーなんだ?」エリックの動きが止まった。「いいのかい? やめたほうがいい?」

「やめないで」デミはエリックをぐいっと引き寄せた。肩と胸に彼女の爪が食い込む。猫の爪みたいに。「もっと。もっと深く。早く」

瞳が熱っぽく輝いて、エリックのすべてを求める。

彼のなかで何かが崩れた。それは地崩れのようで止められなかった。エリックは、余すところなくすべてを彼女に差し出した。

デミは腰をつきあげ、悦びにあえいだ。彼女の秘所はさまざまな色調のピンクから成る南国の花のようだった。エリックが前後に動くたびに、新たな潤(うるお)いがペニスを濡らす。腰を動かすのと同時に、彼女のクリトリスを開いて敏感な先端をもてあそんだ。

彼女は体を突っ張らせた。「エリック。ああ……」

エリックに何かが起きていた。腰を大きく動かしながら彼女のなかで溶けていった。ふたりは抑えきれずに動物の咆哮(ほうこう)のような声をあげた。心臓は早鐘を打ち、魂が触れあう。目のまえがしだいに明るくなり……。

明かりしか見えなくなった。

ワイルドな悦びにひとしきり翻弄されたのち、エリックは息を切らしながら彼女の上に崩れ落ちた。ほてった顔を彼女の胸に押しつける。彼女の腕はエリックの首に巻きついたままだった。脚は、エリックがなかから出て行かないよう腰を押さえていた。彼女のしなやかさと強さが好ましかった。

そうするうちに、エリックはほんとうに彼女をいかせることができたのかわからなくなった。自身の新境地に無我夢中になってしまった。色男を装ってこなれたふりをしてみたものの、彼女のなかに入った瞬間、我を忘れた。まるで、どんくさい童貞みたいだ。

エリックは顔を上げた。デミは目を閉じていたが、その顔には幸せに満ちた笑みが浮かんでいた。

いい兆候だ。神さま、お願いだ。「きみは……どうだった?」恐る恐る尋ねた。

「わたしが叫ぶの聞こえなかった? 声がしゃがれちゃった。喉がガラガラよ」

「自分が叫ぶので忙しかったんだ」エリックは白状した。

デミの笑い声は、満足げでけだるかった。伸びをしながら、エリックに巻きつけた脚に力を込めた。彼女の秘所がエリックのものを締めつける。

とたんにエリックは彼女のなかで勃起した。たったいま、人生最高のオルガスムを経験したばかりだというのに。

デミが目を開けて瞬きした。「もう?」

「きみみたいなきれいな人ははじめてだから。我慢できないんだ、ごめんよ」

期待に満ちたペニスを熱い楽園からなんとか引き出し、コンドームの上からしっかり握ったまま、あえがないようにしながら水中に沈んだ。熱を冷まして汗を流してから、浮かびあがってコンドームをはずした。

彼女から目を離すのは苦痛だった。裸で濡れて微笑んでいるデミ・ヴォーンの神々(こうごう)しい姿から一瞬でも目を離すのがもったいなく思われた。

手早くコンドームをはずし、このために持ってきていたビニール袋に入れて、あとで捨てられるよう丸めた。

デミを振り返ると、平らな岩に寝そべっていた。顔のまわりに広げた髪が乾きはじめている。彼女は伸びをしてから、両腕を頭の下に敷いた。肋骨(ろっこつ)が持ちあがり、脚が開いてそのあいだが一瞬うかがえた。見せつけているのだ。ああ、おれはすっかり彼女のものだ。

エリックは彼女の隣に寝そべった。屹立する彼自身を、彼女が感心したように見る。「コンドームしないの？　どういうこと？　もう一回やる気はないの？」

エリックは首を横に振った。「そんなにすぐには無理だ」彼女の丘にそっとキスした。「きみのあそこは締まってるから、やりすぎるときみに痛い思いをさせてしまう。次の機会にしよう」

「わたしは平気よ。とってもよかった」

「おれはやさしくすると言ったのにできなかった。我を忘れたんだ。次も同じことになるのが自分でもわかってる。きみのなかに入ると自制心がふっとんでしまうんだ」

「そのおかげでこっちは最高の思いができたのよ」

「よかったよ」彼女の内腿に手を滑らせ、花びらのようにやわらかい肌に驚いた。

「ここは魔法みたいね。時空を超えて別の次元に来たみたい。ここで何時間も過ごしてから元の世界に戻ると、あっちでは時間が進んでいないの。ここにいると、面倒をすべて忘れられる」

「どんな面倒だ？」

デミは首を振った。「よくあることよ。家族のこと」

「おれのせいだ。きみに面倒をかけて悪いと思ってる」

彼女は笑った。「また始まった。全部自分のせいにしちゃうんだから」

「そうじゃないのか？」

「たしかに両親はあなたとのことで怒ってる。それは間違いないわ。でも、あなたのことを、もっと大きな問題の象徴だと見ているの。わたしが両親に反抗していることが大きな問題なのよ。専攻を三年間のレストラン経営コースに変えたこと。レストランでのインターンシップ。ショウ製紙に入るのを断ったこと。料理学校に通うこと。わたしが生まれたときに、祖父が学費分のお金を別にしてとっておいてくれたんだけど、それに手をつけられるのは祖父だけなの。両親は、シェフになりたいというのを幼稚な気まぐれだと思っている。テレビに出てくるセレブな世界にあこがれてるだけだって。どうやら今回は祖父を説得するのにも成功したみたい。最後の頼みの綱だったんだけど」

エリックは続きを待った。「で？　どうするんだ？」

「自分の力でやるわ。スケジュールが変わるだけ。料理学校はお金が貯まるまで先に延ばすことにして、あなたみたいにたくさん働く。お昼はパラリーガルとして働いて、夜はケータリングのバイトをするとか。なんでもいいから、とにかく稼げる仕事。料理学校に通えるようになったら、残りは借りるわ。なんとかするつもりよ」

「そのインターンはどこでやるんだ？」

「シアトルのレストランなの。シアトルなら、必死に働けば稼げるわ」

「それはそうだな」

一瞬の沈黙のあいだにエリックは頭をフル回転させた。口を開くと勝手に言葉が飛び出した。「一緒にシアトルに行こう」

その言葉はふたりのあいだでこだました。勇気を出してデミの顔を見ると、彼女は目を丸くしていた。怯えているかのような目だった。

「ええと……なんて言ったらいいのかしら」その声はあいまいだった。

「おれは、この町を出たあとの行き先はどこでもいいんだ。どこに行こうと同じことだから。砂漠がいいかなと思ってたんだけどね。アルバカーキとか、アントンのいるヴェガスとか。でもたいして変わりはない。ネットに接続さえできれば、ヒマラヤ山脈からでも携帯を使ってやりたいことができる。シアトルだってもちろん大丈夫」

「でも……シアトルに行くって……どういう意味？」

「きみと一緒に行くってことだよ。部屋を探して一緒に住もう。きみはきみの、おれはおれのするべきことをする。だけどお互い助けあうんだ」

「エリック。つまり……つまり、一緒に暮らしてほしいって言ってるの？」

返事を考えるうちに勢いがついた。「ああ。そうだ、そうしてほしい。考えれば考えるほどいい思いつきだ」

デミと一緒に暮らす。一緒に料理をする。彼女の車を修理する。一緒に買い物をする。一緒に散歩する。一緒に映画を見る。一緒に山や温帯雨林でハイキングする。毎晩ベッドをともにし、毎朝彼女を起こす。

そうだ。なんていい思いつきなんだ。

「あきれた。何週間かまえから目が合うことはあったけれど、ちゃんと知りあってからまだ二日よ。高校時代は数に入らないわ。わたしは遠くからあなたを見ていたけれど、話したことすらなかったから」

「おれは〈ベーカリー・カフェ〉に入った瞬間わかったよ」

デミは息をのみ、美しいグリーンの目で探るようにエリックを見つめた。

「タイミングを間違ったかな？　アントンにいつもそれで文句を言われるんだ。おれは自分が欲しいものは見た瞬間にそうとわかる。おれの気持ちは変わらない。結論が出てるのに時間を無駄にする意味がわからない。なんでわかりきっていることを避けて無駄に時間をかけるんだ？」

「あなたにとっては何もかもはっきりしているのかもしれない。でもわたしはもうちょっとゆっくり物事を進めたいの」

「かまわないよ。好きなだけ時間をかけるといい。だけど、きみが考えるあいだ、おれはきみをいかせ続けるからね」

デミは笑った。「悪い人！」

「ただ、おれがどれだけ役立つ存在かをきみにわかってほしいんだ」エリックはすまして言った。「おれはいろんな才能を持ってる。全部きみのために使うよ。昼も夜も」

「それは見ればわかるわ」デミはエリックの勃起を見て微笑んだ。

「きみが好きでたまらないんだ。ほんとうにきれいだ。きみが欲しくて四六時中悶々としてしまいそうだ。だけど、品よく大人らしくふるまうよう努力する。誓うよ」

「そのことだけど……」デミはからかうように言った。「もう一度してもいいんじゃないかしら？　いまここで。その気になっちゃったの。そうしたいの」

デミが脚を広げ、エリックは息がつけなくなった。彼女は自分の指を差し入れ、エリックに向けて入口を開いた。ピンク色に輝く、やわらかくてしなやかな内部が見えた。エリックのペニスが反応し、あの温かい場所に戻ってワイルドに動きたいとうずいた。そのまま絶頂に向けてのぼりつめたい。

だめだ。自制心のあるところを見せなければ。言動を一致させなければならない。これは長期戦だ。まだ……まだ早い。それがつらかった。耐えがたいほどつらかった。

「次回だ」歯を食いしばりながら言った。「誘惑しないでくれ」

「あら、つまらない人ね」デミはおどけて口をとがらせ、横向きになった。「あなたは、わたしが思ってたのと違ってた」

「え？」ぼんやり訊き返した。「どう思ってたんだ？」

「女の子のあいだでのただの噂話だけどね」

エリックは緊張した。「どんな噂？」

「すごいテクニックを持ってるとか、あちこちに手をつけるタイプだとか。女を征服したら興味をなくして次に移る人ってことよ。それなのに、わたしと逃げるなんて言うんだもの」

「興味をなくす？　きみに？」思わず声がかすれた。信じられない。「冗談だろ？」

「そんなのよくあることよ」彼女は微笑んで目を閉じた。優雅に伸びをする。彼女が背中をそらせると、胸がエリックに向かって突き出た。

エリックはふたたび彼女の隣に寝そべった。「おれはそんなふうに言われてるのか。無情な男娼ってわけか。どうでもいいや」

「無情じゃないわ。欲張りで疲れ知らずで飽きっぽい」

「きみには飽きないよ」エリックは断言した。「おれは、利用されているとわかったらすぐにやり返す。でもきみに利用されていると感じたことはない」

「利用って何のために？　セックス？」

エリックは低く笑った。「金や地位じゃないのは間違いないね」皮肉を込めて言った。「セックス。気晴らし。刺激。別れた恋人や嫉妬深い夫を罰するため。ちょっとした火遊びのため。悪い男と寝ると、自分が危険で悪くて強くなった気がするものだから。そういうのが目的なら、たしかにおれじゃ退屈させてしまうだろうね」

「あなたは危険なのが好きって言ってなかったかしら」

「おれは演技なら演技だとすぐわかる。きみはそうじゃなかった。ほんものだった。

一緒にシアトルに行こうと言ったのは、きみと寝たいなんていう軽い気持ちからじゃない。信じてくれ」

「エリック……」

「真剣に言ってるんだ。ここまで本気なのははじめてだ」彼女の手を取って恭しくキスをした。「どこへでもついていくよ、デミ・ヴォーン」

彼女は視線を落とした。「しばらくあなたの想像力にブレーキをかけたほうがよさそうだわ。一日一日を大事にしましょう。そして成り行きを見守るの」

またただ。またやりすぎてしまった。兄が知ったら大笑いするだろう。欲張って焦ってしまった。機が熟していないのに多くを手に入れようとしてしまった。

深呼吸をして、待て。いつもアントンが言うことだ。

エリックはあおむけになり、石のボウルのはるか上を飛ぶアカオノスリを見た。その鳥が崖の上の木々の向こうに消えて見えなくなるまで口を開くのを我慢した。何もせずに待った。

「わかった」やがて言った。「ペースを落とすよ」でも、そのことを考えるのはやめない。一分たりとも。

口に出さなかった言葉のほうが、出した言葉より大きく響いたような気がした。

「ちょっと」デミは体を起こし、もつれた髪をほぐした。「そういうのやめて」

「そういうの？」

「不機嫌に黙り込むのをよ。せめて一回喧嘩をするまでは、ふたりで部屋を借りるのは待ったほうがいいんじゃないかしら？」

エリックは笑った。「不機嫌なわけじゃないよ。自制心を働かせようとしているだけだ。すべてを台なしにしないよう冷静さを装おうとしているんだ」

「説得力がないわね。それに、あなたったらすごく強い波動を発している」

「ごめん。これがおれだ。おれにとってもはじめてのことだけど」

「何が？　よく知らない相手に軽々しく早まった提案をすること？」

「ああ。こんなことははじめてだ。一緒にいてくれと、女性に真剣に頼んだのはね。デートだって同じ相手と二回以上したことはない。でもきみは違う。きみが相手だと……こんな選択肢があることすら知らなかったよ。でも知ってしまったいま、もうあと戻りはできない。もう、きみとでなければ満足できないんだ」

デミは眉をつりあげた。「エリック。あなたがこんなにロマンティックな人だなんて、誰も思っていないでしょうね」

「おれは、何かをしようと思ったら最後までやりとおす。けっしてあきらめない」

一瞬ぎこちない沈黙が流れた。またやってしまったことに気づき、愕然とした。今度はもっとひどい。自分を抑えようとすればするほど、発する言葉は情熱的になってしまう。ただ深呼吸をして待つのはもう無理だ。

いや、黙るんだ。何もかも台なしにするまえに、その口をふさげ。

エリックは立ちあがり、濡れた下着を穿(は)いた。「もう行こう。日が落ちてきている。暗くなってからあの道を戻るのは避けたいからね」

# 9

彼と逃げるですって？　ありえない。

デミは行きと同様押し黙っていたが、その理由はまったく違っていた。行きは、期待に震えていたためだった。彼とのセックスは思っているとおりの情熱的なものになるだろうか。そんなことを考えていた。

いまはその答えを知っている。

彼のあとから渓谷沿いに川を泳いだ。今度は流れに乗っているので速かった。太陽の光が消えゆくなか、川は行きより暗く、神秘的だった。デミはその美しさに圧倒された。そして、自分を襲っている感情にも。

彼に魅了されていた。もっと深く、もっと強く魅了されたかった。だがそれは危険な結果を招く危険な考えだ。わたしはこんなワイルドでロマンティックな妄想にのめり込むほどおめでたくない。

ふたりは体を拭くと、服を着て靴を履いた。川は、切り立った渓谷のあいだを流れる細い流れから、あちこちに石が転がる広い流れへと変わった。岩から岩へ飛び移るところでは足元に集中しなければならなかったが、エリックは何度も振り返ってはデミがついてきているのを確認した。そのたびに彼は笑みを見せ、デミは膝の力が抜けそうになった。

しっかりしなさい、デミ。もともとは、うしろめたさを覚えつつちょっとだけ天国を味わうつもりだった。人生の新たな局面に飛び込むまえの最後のお楽しみのつもりだった。

なのに、彼と一緒にシアトルに逃げるですって？　ばかばかしい。

どうかしている。だがいったん考えはじめると、空想は広がっていった。彼と家で過ごす場面やエロティックな場面が頭を満たす。両親と祖父から最後通牒を突きつけられてから、デミは広い世界をひとりで冒険する覚悟をしていた。

その冒険のお供として、セックスの達人みたいなすてきなボーイフレンドが一緒だったら？　話はまったく変わってくる。どんなに楽しい毎日になるだろう。誘惑がデミを手招きする。

でもそんなのは現実じゃない。容赦なく自分に言い聞かせる。ただの夢物語だ。彼のことはよく知らない。約束を守る人かどうかもわからない。彼の関心がいつまで続くかも。

ひとつ確かなのは、自分がセックスに酔ってまともに考えられなくなっていること。だから落ち着くのよ。

道幅が広くなってふたり並んで歩けるようになると、エリックは足を止めてデミを待ち、手を取った。彼の手は心地よかった。温かい手がしっかり握ってくれる。熱すぎずじっとりもしていない。必要以上の力はこもっていない。

手が触れあうと、新たな官能が腕を駆けのぼり、胸の先端をかたくして、脚のあいだに熱くとろけるような甘い痛みを引き起こした。

車まで戻ったときにはだいぶ暗くなっていた。エリックは助手席のドアを開けてデミを乗せてから自分も運転席につき、そのまま黙って座っていた。

デミはしばらく待ったが、やがて耐えられなくなった。「どうしたの？　大丈夫？」

「ああ。ただ怖いんだ」

デミはとまどった。「怖い？　何が怖いの？」

「こんなに幸せなことがだ。危険な気がするんだ。太陽の近くを飛びすぎたみたいな」

涙が浮かんできて、デミは瞬きをしてこらえた。「わかるわ。わたしも同じよ。わたしたち……少し頭を冷やす時間が必要みたいね」

「ああ、そうなんだろうね」ふたりは見つめあった。

エリックとデミは同時に手を伸ばし、抱きあった。いまこの場でキスをしなければ、触れあわなければ死んでしまうとでもいうように。デミは両腕を彼にまわした。彼はデミを膝に乗せた。暗がりのなかでかろうじて彼の目が見えた。そこに浮かんでいたのは生の感情だった。それがデミの心をわしづかみにした。

もうどうなってもいいわ。まだまだ物足りない。もっとこの人が欲しい。彼の股間に手を伸ばしてジーンズのボタンをはずした。

「おい！」エリックは止めようとした。「デミ、もうやめたほうが――」

「しぃー。開けるの手伝って」

下着のなかに手を入れて彼のものを握った。太くてかたくて熱かった。彼をさすりながら、自分のなかにわいた欲望を逃すまいと脚をかたく閉じた。

「それを脱いで」

「デミ……」

「言いあいをする気分じゃないの」

エリックは小さく笑うと、腰を上げてジーンズを下ろした。解放された彼のものが跳ねあがっておなかに当たった。

デミはいとおしげにそれをなでた。「きれいだわ」

「それはこっちのセリフだ。きれいなのはきみだよ」

返したい言葉は山ほどあったが、デミはそのすべてを捨ててシンプルで直接的なボディランゲージを選んだ。身をかがめ、彼のペニスの先端をなめた。

エリックはあえぎ、体をこわばらせた。「ああ、デミ」

「力を抜いて」とデミはささやいた。「今度はわたしの番よ。これぐらいさせて」

「きみがそう言うなら……ああ、くそ」

デミが先端のすぐ下の部分を握って舌を走らせると、彼は震えながら身もだえした。両手で絞るように握り、舌を走らせ、睾丸を包む。先端の割れ目からなめらかで塩辛い液がにじみ出るたびに、デミはそれをなめ取って味わった。すばらしい味だった。彼の体が震えるのがうれしかった。噴火直前の火山のようだ。

彼の全体を口のなかに迎え入れるのはかなりの難行だが、やる気は充分だった。骨抜きになるような快感を彼に味わわせたかった。自分がそうだったように、触れてほしくてたまらないと思わせたかった。手でさすりながら、さらに深くくわえた。

エリックはデミの髪からうなじに指を差し入れ、やさしく引き寄せた。

「口のなかでいってもいいか？」と尋ねた。

デミはペニスの裏側に舌を滑らせながら考えた。難しい質問だった。イエスと言いたかった。それは間違いない。でも、口ではなく自分のなかでいってほしかった。欲しくてたまらない。いますぐ。「コンドームはどこ？」

エリックはためらってから答えた。「きみは本気で――」

「そうじゃないように見える？」

エリックは笑うと、後部座席のほうに体を伸ばしてバッグのポケットを探り、コンドームの箱を見つけ出した。

デミはひとつ取り出して彼にかぶせた。大胆になでたり握ったりを繰り返すと、エリックはシートから浮くほど体をのけぞらせた。「ああ、デミ」

「こっちに来て」デミはショートパンツと下着を脱ぎながら言った。

エリックが〈モンスター〉のぼろいベンチシートの真ん中に移動し、デミは窮屈ながら彼に脚をまわしてまたがった。

エリックはデミの内腿に手を滑らせ、愛撫した。「びしょ濡れだ」

「そうよ。だからちょうだい」

「かしこまりました、お嬢さま」

「いやな人」デミは息を切らしながら言った。彼の太い先端が、デミが求めているまさにその場所をつつく。

デミは力を抜いて彼を迎え入れた。彼のすべてを。奥の奥まで。甘美な感触。ふたりは同時に声をあげた。目が合い、そのまま離れなくなった。デミはほてって汗ばんだ額を彼の額につけた。

「きみは最高だよ」エリックはささやいた。

「あなたもよ」デミは体を起こしてから、悦びの吐息とともにまた沈めた。「わたしを夢中にさせる」

「見ればわかるよ」エリックはデミのシャツを胸の上までまくりあげ、胸に顔を押しつけた。

ふたりは話をやめて、もっと近づこうとするかのようにただ互いにしがみついていた。彼の口がデミの胸を隅から隅まで探る。大きな手はヒップをつかみ、自分の腰に向かって押しあげる。ゆっくりとした甘美なリズムに、デミは彼が欲しくてたまらなくなった。

デミは彼のまわりで溶けた。彼が腰を動かすたびに、快感が増し、熱が高まる。抑えようのないエネルギーが増大し、体を持ちあげられ……。

目のくらむような快感がふたりをひとつにし、ふたりは大きな声をあげた。

しばらくしてデミは顔を上げた。彼の手にやさしくなでられているのがわかった。

「愛してる」彼が言った。

デミは彼の背中に爪を食い込ませながら彼を見つめた。

わたしも愛してる。そう言いたくてたまらなかったがこらえた。言ってしまったらあと戻りできなくなる。まだ早すぎる。わたしは自分の心を危険にさらしている。ナイフの刃の上を歩いているようなものだ。

エリックはデミの髪に顔をうずめた。エネルギーが脈打っている。デミは体を持ちあげ、エリックも未練を見せながらもゆっくりペニスを引き抜いた。

「きみのなかにいるのが好きだ。出るのがつらいよ」

デミはショートパンツと下着を探した。室内灯が壊れているため車内は真っ暗で、なかなか見つからない。最後は携帯電話のフラッシュライト機能を使って見つけた。

ふたりは黙ったまま服を着た。

「冷静にふるまうのも限界があるわね」

「ああ。火を消すために油を注ぐようなものだね」

暗くて互いの顔はもう見えないが、それでもふたりは見ようとし続けた。

「悪かった」エリックが静かに言った。

「何が？」

「強引だった。おれの提案のことだよ。早すぎた。おれにとってはそうじゃないし、言ったことは百パーセント本心だけど。でもきみにとっては早すぎたね」

「いいのよ」

エリックはデミのシャツのなかに手を入れて胸を包んだ。「きみの頭のなかに、おれとのことを考えるスペースをあけてほしい」彼の声は低く、ベルベットのようにやわらかかった。「おれと一緒にいるところを思い描いてくれ。想像するんだ。それだけでいい」

デミは笑いそうになった。それ以外のことなど想像できない。デミの頭はエリックでいっぱいだ。

「イエスと言わなくていい。ただ想像してくれ。すてきじゃないか」

デミはうなずいた。胸がつかえて何も言えなかった。

〈モンスター〉は気の乗らない様子でうなりをあげた。エリックはでこぼこ道を走らせながらデミの手を握った。そのまま、ギアを変えるとき以外はずっと握っていた。

デミの家に着くと、エリックは家からは見えない木の陰に車を止めた。ポーチの明かりがついており、二階の書斎の窓越しに父の姿が見えた。外を見ている。待ち構えているのだ。

「ここで降ろそうか?」慎重に平静を装った声だった。

「意味ないわよ。両親はわたしが誰と一緒だったか知ってるんだもの。うちのまえで止めて」

エリックは探るようにデミを見た。「ほんとうにいいのか？　親を懲らしめるとか、そんなつもりでおれを利用しているんじゃないよね？」

デミは彼の手をぎゅっと握った。「きまってるでしょ。もうそんな段階じゃないわ」

エリックはエンジンをふかした。「わかった。じゃあそうしよう」家のまえで車を止め、エンジンを切った。「玄関まで送っていって自己紹介しようか？」

「それはまだいいかも」デミはあわてて言った。「父が失礼な態度をとったらいやだわ」

「おれは神経が太いほうだ」

「今日はやめておく。わたしの神経は今日は細くなってるみたい。もう充分よ。少しずつ進みましょう」

「まあいい。だけどひとつだけやらせてくれ。気になってしかたないから」

エリックは車から降りた。デミはあわててあとを追った。パニックを起こしそうだったが、彼は家のほうに向かうそぶりは見せなかった。代わりに、まだ傾いたままになっている郵便受けに近づいた。

彼は郵便受けをまっすぐに起こし、最初は足で、最後は手で砂利を集め、周囲を埋めた。

「よし」手を払いながら彼は言った。「これでよくなった。次に酒飲みのお隣さんが騒ぎを起こすまではね」

「ええと……ありがとう」デミはとまどいながら言った。

エリックは彼女の頭を手で包むと、最後に一回すばやくキスをしてから〈モンスター〉に戻った。「あしたはいつもどおり、仕事のあいだ二時間空いてる。二時間まるまるきみのものだよ、もしきみが望むなら」

「予約しておくわ。わたしのものよ」

デミが玄関に着くと、エリックはおやすみの代わりにヘッドライトを点滅させた。

デミは顎を上げ、心の準備をしながら家に入った。

まだいくらか揺らいでいたベネディクト・ヴォーンの心も、エリック・トラスクのあつかましく無礼なふるまいを見たとたんに決まった。あのオンボロの鉄の塊を我が家の目のまえに止めるとは。うちの所有物に手を触れるとは。人目もはばからず娘に舌をからませてキスをするとは。動物がなわばりに印をつけるように自分の権利を主張した。

けしからん男だ。だが、預言者の子どもなのだからそんなものだろう。生意気で手の早いあの男に思い知らせてやる。直接手を下したいところだが、プロに任せたほうがいいのはいつものことだ。

いつでも応じてくれる相手がいる。電話をかけながら、ベネディクトはドアの鍵がかかっているのを確かめた。すでに三回確かめたあとだったが、エレインに不意をつかれたくなかった。この電話のあいだは。

呼び出し音が鳴り、相手が出た。「もしもし」鼻にかかった鋭い声だった。

「決行だ」と小声で言った。「あした。夜になるか朝になるかはわからない。やつを例の場所に行かせたら連絡する」

「時間の幅が広すぎる。座って電話を待ち続けるのは性に合わない。待ち時間の分として五千ドル上乗せだ」

「金のことは話がついてるだろう？　いまさら――」

「こっちはかまわないぜ。気に入らないならほかを当たれ」

「払おう」ベネディクトはかみつくように言った。

「今夜、引き渡し場所に置いておけ。決行のときまでもう電話はかけてくるな。あんたの声にはうんざりだ。しゃべりすぎる」

通話は切れた。ベネディクトは電話をポケットに滑り込ませた。胃がむかむかする。

「ベン？」エレインの悲しげな声が、ドアのすぐ外から聞こえてきた。「デミが帰ってきたわ。下に来ない？　夕食のときに話したことを三人で話しあいましょう」

ベネディクトはドアを開いた。エレインの甘ったるい顔を見ると、自分の頭を壁に打ちつけたくなる。いや、もっと言えば彼女の頭をだ。

ベネディクトはなんとか笑みを作った。

「デミが帰ってくるところ見た？」

「トラスクとな。見たよ。近所じゅうが見ていただろうね」

「冷静でいることに決めたでしょ？　頭ごなしに叱りつけないでね。あの子とは話しあえるようにしておかなきゃ。生意気だと思っても、あまりカッカしないで。痛い目にあいながら学ばなければならないこともある。彼のこともそのひとつなのよ」

「心配するな」なだめるように言った。「叱ったりしないから」

エレインはいくらかほっとしたようだった。「よかったわ。下に来て。話しましょう。あら、デミ？」彼女の声が大きくなった。「あなたなの？」

「ええ、ママ」デミが階段の下に姿を見せた。

「遅くなるなら電話してほしかったわ。わたしたちはもう食べたけれど、あなたの分は残してあるから電子レンジで温めて」

「電話しなくてごめんなさい。ありがとう、ママ。すぐ食べるわ」

だが、デミはふたりを見あげたままそこから動かなかった。濡れたシャツが体に張りつき、髪はぼさぼさだ。

「また泳ぎに行ったのね？」わざと明るい声をつくってエレインが言った。

「ええ。エリックがケトル・リヴァー渓谷のきれいな場所に連れていってくれたの」

「それはよかったわね。ところでね、パパとわたしは一泊の旅行をすることにしたの」

デミは階段をのぼりかけていた足を止め、驚いた顔で見あげた。「旅行？　いつ？　どこに行くの？」

「あした。パパの思いつきなのよ。少しゆっくりしようって。このところストレスがたまることが多かったからね」

「結婚記念日も近いことだし」とベネディクトは言った。「特別なことをしようと思ってね」

「楽しみだわ。クーパーズ・コーナーにディナー・シアター（食事が楽しめる劇場）があるの。いいホテルも見つけたから週末を楽しんでくるわ。リフトで展望台までのぼって、シャレー風のカフェでお昼を食べて、買い物をして、夜はディナー・シアターに行くの。観るのはたぶんミュージカルね。あしたの午後出発するわ」

「すてきね。ぜひ行ってきて」

「ひとりで大丈夫ね？」

デミはあきれ顔で言った。「何年もひとり暮らししてたのよ。忘れちゃった？」

「そうね。とにかく、あしたの朝、仕事に行くまえに様子を見に来るようパパからおじいさまにお願いしてあるわ。七時半に来るから、コーヒーと菓子パンを用意しておいてね」

「そんなこと頼まなくてよかったのに」

まったくそのとおりだ。そう思いながら、ベネディクトは精一杯やさしげな笑みを浮かべてみせた。

もはや、自分が手配したことにはなんのやましさも感じなくなっていた。ばかな娘が自分の手で引き起こしたことだ。

それに、結局のところは娘のためにしているのだ。あの性悪でおそらくは乱暴なできそこないとつきあうことで自分の将来の可能性を狭めているのに、デミはそれに気づいていない。

エリック・トラスクはデミを苦しめ、恥ずかしい思いをさせ、あの子の重荷になるだろう。すべてにおいてデミの足を引っ張るだろう。

そう考えるとだいぶ気が楽になった。デミは自分の寝室に入っていった。

思い切った作戦はすべてデミのためなのだ。

やましいことなどない。

# 10

　オーティスは非難がましく冷たい態度だし、兄弟たちはくだらないことばかり言ってくるので、エリックは早々に食事を終えて自分の屋根裏部屋に退却した。くたくただったが、戦いの余韻のようなものが残っているおかげで眠れなかった。

　股間をうずかせるデミの体の残像が一番の原因だ。エロティックな場面が細かなところまでありありとよみがえる。彼女のすべてがエリックを興奮させる。彼女のまつ毛に落ちた水滴をひと晩じゅう思い続けることができる。それだけではない。うしろから光を当てた翡翠のような薄いグリーンの瞳孔と濃いグレーの虹彩。将来を見据えている澄んだ正直な目。欲望に燃えている目。

　彼女との結びつきは強烈だった。舌に感じた彼女のひだの味。エリックの顔のまえで彼女がいったときの感触。どれも最高だった。

メールを送ればいいのだが、ここは電波が通じていない。ときたま通じる尾根のほうまで行きたかった。月明りが足元を照らしてくれるから、崖から転がり落ちたりはしないだろう。

ただし、いまは真夜中だ。またしてもやりすぎだ。落ち着け。くそ。ベッドの上で寝返りをうちながらうめいた。スウェットパンツのなかで勃起している。夜はまだまだ長い。エリックは木々のあいだから差し込む月明りを見つめた。発光性の文字盤の上を時計の短針が這うように進むのを見つめた。

四時ごろになって、エリックは抵抗するのをやめた。不眠症の唯一いいところは、家族からこれ以上うるさく言われずに逃げ出せることだ。

我慢の限界だった。神経がぴりぴりしていた。

デミにはっきり伝えたくてたまらない。だが、昨日はその直前まで行った挙句に彼女を死ぬほど怯えさせてしまった。

だからといって、時機が訪れたときに備えて準備をしちゃいけないということはない。そのときを完璧なものにするだけの価値がデミにはある。

服を着て、稼いだ金の入った貴重品箱をベッドの下から引き出した。金を数えて札束をジーンズのポケットにつっこんだ。こんなことをすれば、起業の計画を何カ月分も先延ばしすることになる。

まあいいさ。人生は犠牲の連続だ。これは、ジェレマイアの口癖のひとつだった。ジェレマイアから頭にたたきこまれたことのなかには、偏執的なものもあれば的を射たものもあった。

デミのためならどんな犠牲も意味がある。

〈モンスター〉をなだめて始動させ、町に向かった。仕事に行くにはまだ早い。気がつくと、デミの家のまえの通りを行ったり来たりしていた。朝日がのぼるなか、彼女の家を見つめた。まるでストーカーだが、ロミオを気取りたかった。彼女の窓に小石を投げて、詩を捧げるのだ。

いや、それより彼女の窓までよじのぼり、ベッドで悦びにもだえさせるのがいい。言葉を紡ぐより体を使うほうがずっと得意だ。

だが、どれが彼女の部屋なのかわからなかった。父親を起こしてしまって真正面から撃たれるかもしれない。そんな間抜けなことをすれば撃たれても文句は言えまい。朝早くからメールを送るのも、必死すぎておかしくなっていると思われかねない。

なんとかして自分を抑えた。

仕事場には早く着いたが、なかなか集中できなかった。できるだけ早い時間に昼の休憩に入り、誘導ミサイルにも負けない速さで〈ベーカリー・カフェ〉に向かった。デミの姿を見たくてたまらなかった。彼女は酸素のようなものだった。

店に入った瞬間レリーンににらまれたが、デミの美しい笑顔に浮足だったエリックにとってはなんでもなかった。胸がいっぱいで、あばら骨が砕けそうなほどだった。

「デミ！　いますぐ裏に行って」レリーンが叫んだ。

デミはエリックをカウンターに手招きし、ピンクのポストイットをたたんだものを渡した。「あなたが来たとたんにああ言われると思ってたわ」とささやいた。「ごめんなさい。行かなきゃ」

彼女の指先が一瞬触れただけでエリックは興奮した。彼女が急いで裏に向かいながら最後に振り返って微笑むのを見送った。そして、カウンターの向こうから注文を尋ねる店員を無視してポストイットを開いた。

〝両親がこの週末留守にするの。家にはわたしひとりよ。仕事が終わったらすぐに来て。車を止めるときにメールしてね〟

全身を興奮が駆け抜けた。大冒険だ。聖域に忍び込む。プリンセスのいる塔にのぼる。そのシナリオを考えると股間が痛いほどうずいた。

注文もせずに店を出た。食べ物のことは頭からすっかり抜け落ちていた。彼女のベッドを想像しながら歩道を歩いた。天蓋(てんがい)つきの四柱式ベッド。木と真鍮(しんちゅう)を使っている？　ふたりで寝られる広さだろうか？　おれでも寝られる長さだろうか？　枕は？　リボンつき？　レース？

なんでもかまわなかった。ベッドがなくてもかまわない。老人ホームの仕事までの空き時間はたった二時間。その仕事のあとも二時間しかない。眠ったりして貴重なその時間を無駄にするつもりは絶対にない。

エリックの目が光をとらえた。ステイグラー宝飾店のショーウィンドウにあたる日光の反射だった。エリックは近づいて、ウィンドウのなかに並ぶ指輪を眺めた。

指輪なんて早すぎる。すでに思いを強く伝えすぎて動揺させてしまっている。でも用意しておくのはいいだろう。そしてチャンスをうかがい、正しいタイミングで彼女を大喜びさせるのだ。

数分後、エリックは宝飾店のなかにいた。五〇代でがっしりした体つきのトルーディ・ステイグラーが、婚約指輪を見せつつ彼が持ち逃げしないか鷹のような目で見張っていた。

「青いのがいいんです。それをホワイトゴールドと合わせたい」

「ホワイトゴールドの台座にボルダーオパールとダイヤモンドをあしらったものが何点かあります。青もありますよ。ただ、どれもリーズ・ブリオン・シーチェンジ・コレクションの一部でね」とトルーディは言った。「高級品ですよ」

「見せてもらえませんか？」

彼女は背後の引き出しから大きな箱を出して開いた。

ひと目でデミにぴったりの指輪が見つかった。奥の隅で、黒いベルベットの箱におさまっていた。比較的小さいもので、台座はホワイトゴールド、いびつな形のオパールを囲んで小さなダイヤが並んでいる。

エリックが探していた色そのものだった。裏返してみると内部に光が走り、青が、うしろから光を当てたような青緑に変わった。

まるで、氷河が解けた水が太陽の光を浴びながら波打っているようだった。もっとも美しい瞬間をそのまま宝石にしたようだった。これ以上ないほど完璧だ。

「あれはいくら?」と、指さしながら尋ねた。

トルーディはそれを見てから価格表を調べ、エリックの体が縮まるような金額を言った。

一瞬、もっと安いのにしようかと思いかけたが、すぐにその考えは消えた。たしかに金はない。いまはまだ。でもあの指輪でなければだめだ。そこは譲れなかった。

「なん百ドルか足りないんです。取り置きしてもらえませんか? ほんの数週間。次の給料が入ったら払えますから」

トルーディは不満げだったが、エリックがポケットから札束を出し、百ドル紙幣を数えてカウンターに置くと、表情を和らげた。

「わかりました」と彼女はためらいながらも言った。「これに記入してください」

用紙を渡され、エリックは必要なことを書き込んだ。それから店を出た。ほぼ無一文になっていた。

ポケットに残っているのはわずか二十三ドル。

これぞ犠牲だ。

あと一時間ほどで仕事が終わるというときに、ボスのサイが建物の裏のトレーラーから出てきて声をかけた。「エリック、ちょっと来てくれ。話がある」

彼はサイのあとからトレーラーのなかに入った。サイはデスクのまえに座ったがエリックと目を合わせようとしなかった。「座ってくれ」重苦しい声で言った。

エリックは胃が痛くなった。何か悪いことが起きるときはそうとわかる。座らずに尋ねた。「なんです？」

サイは、指の太いごつごつした手を見下ろしてため息をついた。「おまえを解雇しなきゃならないんだ」

貯めてあった水が流れるように、幸福感がすべて流れ去った。

結果。オーティスに忠告された。犠牲。ジェレマイアにも忠告された。

「なぜ？」サイを困らせるためだけの質問だった。聞かなくても答えはわかっていた。

「それが……その……人手が余ってることに気づいたんだ」サイはエリックを避けて目を泳がせた。「わかるだろ？　最後に雇われた者が最初に解雇される。だからおまえが――」

「トレヴァーとカイルが雇われたのはおれの三週間あとだ。それに、先週新たな求人募集をかけたばかりじゃないですか」

「ああ、まあな。この商売では厳しい選択をしなきゃならんときもあってね。特殊技能や経験のある者を優先的に――」

「おれはこのチームの誰よりも優秀だ。あなたがそう言ったじゃないですか。リッキーも言ってましたよ。ローレンスがヘマしたドア枠の取りつけをおれがやり直したとき」

「おいおい。ずいぶん自己評価が高いじゃないか。こっちの事情を全部説明しなきゃならないってわけじゃないんだぞ！」

「おれは、二十年の経験がある人たちより優秀だ。アントンが働いたとき、あなたはアントンにも同じこと言ってましたよ。おれたちは大工仕事も機械もエンジニアリングも、全部訓練されてきた。子どものころから建築をやってたんだ。おれの技術のせいにはできませんよ。労働意欲のせいにもね。毎朝早くから現場に来ているんだから」

サイは手のひらでデスクをたたいた。「おまえは、この町の怒らせちゃいけない人間を怒らせないようにするべきだったんじゃないか？　おれがこの状況を喜んでると思ってるのか？」

エリックはゆっくり息を吐いた。「圧力をかけられてるんですか？　ベン・ヴォーンに？」

「ヴォーンなんかどうでもいい。おれが言ってるのはじいさんのヘンリー・ショウだよ。ショウの弁護士から電話が来たんだ。ほんとうに残念だよ。おまえが優秀なのは確かだ。だけど解雇しなきゃならない。この町の外で仕事を探せ。そのほうがうまくいく。おれの意見を聞きたいっていうならな」

「聞きたくありません」エリックは頑固に言った。

「そうだと思ったよ」とサイはつぶやいた。「ほんとうにすまないと思ってる。だけどコンベンションセンターの仕事を失うわけにはいかないし、このプロジェクトはショウが握ってるんだ。彼が言ったことはなんでも通る。ごめんよ、エリック。それから、誰かに訊かれてもおれがこの話をしたことは黙ってるんだ。おれは、もし訊かれたら全部否定する。そして、仕事中におまえがクスリをやってたところを捕まえたと言うからな。だから黙ってろ」

「心配ありませんよ」

「行け。最後の給料も取りに来なくていい。オーティスの家に送るから」

エリックは焼けつくような日差しの下に出た。生木の木材と松の葉と新しいセメントのにおいが鼻をくすぐった。夏の虫が耳元で羽音を立てる。

エリックはその場に立ったまま自分の置かれた状況を考えた。かけもちしている仕事のなかで、給料が一番いい仕事だった。ボードゲームで六コマ後退した気分だ。

いいこともある。ホワイトゴールドとオパールとダイヤの指輪がもう少しで自分のものになるのだ。

ここまで打撃が大きくなければ笑えてくるような状況だ。

電話が鳴った。デミからかと思って電話を取り出したが、そんな幸運はやって来なかった。老人ホームからだった。重い心がさらに少し重くなった。「もしもし」

「もしもし。フェア・オークス・ケアホーム人事部のサンディ・ゴットリーブです」女性の明るい声がした。「エリック・トラスクさんですか?」

「ええ、そうですが」

「トラスクさん、今後入っていただくシフトがないことをお知らせするためにお電話しました。今日以降、もう出勤していただかなくてけっこうです」

サンディの声は快活で、まるで相手が喜ぶことをしているると信じているかのようだった。「わかりました」とエリックは答えた。「理由を教えてもらえますか？」

「あ、それはできません。直属の上司に訊いてください。わたしは決定事項を聞いてお知らせしているだけなんです。決定に異議がある場合は、来週月曜から金曜の営業時間内にお電話いただければ、お時間をお取りできます。よろしいですか？」

「わかりました」

気づまりな沈黙が一瞬流れたあと、サンディは早口で続けた。「それではトラスクさん、よい週末を！　失礼します」

しばらく何も考えられずに立ちつくしていたが、電話をポケットにしまった。ポケットから手を出したとき、紙切れが二枚、地面に落ちた。

指輪のレシートと、デミから渡されたピンクのポストイットだった。

エリックは二枚とも拾った。虚しさが、静かに燃えあがる怒りに変わりつつあった。この調子だと、三つめの職場であるガソリンスタンドに電話をかけて同じことが起きているか確認するのは時間の無駄だろう。起きているに違いないのだから。

デミに打ち明けたくなかった。ふたりの関係はまだ築かれたばかりでこわれやすい。

ただでさえ、性急に多くを求めてしまったせいでその関係に緊張が生じている。こんな重い話をしたら壊れてしまうだろう。

彼女には知らせまい。今夜はひとまず夢のような時間を過ごそう。途中で切りあげる必要もなくなった。ずっと彼女の家にいられる。ひと晩かけて、正しく進めよう。自分がショウズ・クロッシングのプリンセスであることを彼女が忘れるまで。朝が来るころには彼女も悟っているだろう。ふたりは一緒になる運命なのだと。両親や祖父のことなどほうっておこう。

現実に向きあうのはあとでいい。家族に干渉されること、町を出ていくこと、オーティスにそれ見たことかという顔をされること、メースにからかわれること、アントンにすべてを見透かす目で見られること。すべてあとにまわせばいい。

あしたまでは忘れよう。

こういうときはアルコールが役に立つ。一ブロック先に酒屋があった。店に行き、テキーラに決めた。テキーラは飲むとはめをはずせるところが気に入っている。代金を払ったあとも、食料品店でライムを買う金は残っていた。

ひと風呂浴びる時間だ。〈モンスター〉に乗り込み、ケトル・リヴァーに向かった。

そこで体を洗った。デオドラント剤をつけ、後部席のバッグから新しいTシャツとジーンズを出して身につけ、重いワークブーツからサンダルに履き替えた。これで準備完了だ。

コンドームをひと続き、箱から出してポケットに突っ込み、車に常備しているアフターシェーブローションをすり込んだ。

今晩のことを考えると体が熱くなった。彼女といるあいだは怒りや恥辱は頭から追い出しておかなければならない。

考えてみれば、今夜のエリックの計画は敵にとっては腹だたしいことこのうえないものとなる。代々引き継がれている家に忍び込み、そこの美しい娘を本人の寝室で悶絶させようとしているのだから。まるで、勇敢さを競うゲームで一点獲得するようなもの。そんなに単純で醜悪だったらどんなにいいことか。

だがそうではない。真剣に彼女を愛するために行くのだ。

彼女の家に近い松の木の陰で車を止め、メールを送った。

〝着いたよ。仕事が早く終わったんだ。今夜は老人ホームに行かなくてよくなった〟

すぐに返事が来た。

〝やったわね。芝生は避けて、木のあいだを通ってプール小屋の裏に来て。そこで待ってる〟

苦笑しながら木々のあいだを歩いた。予想どおりじゃないか。裏口から忍び込むとは。いまに始まったことではないが、おれの存在はうしろめたさを伴う喜びなのだ。

だがそんなことは気にするまい。

喜びに集中しよう。

## 11

デミはもう一度リップグロスを塗って鏡を見てから、急いでキッチンに向かった。キッチンのドアから外に出て、四台収容できる広いガレージを抜けて物置小屋を通り、プール小屋に向かった。

外に出てからは慎重にゴミ容器を避けて進んだ。高校時代に、父の監視カメラのアングルを細かに観察した。その結果、カメラに検知されずに家を出入りできるルートを確立することができ、これまで一度も失敗したことがない。

カメラの届かない松の木立に入ると、まばらに生えた木々のなかを見まわしてエリックを探した。松と杉の枝のあいだから太陽の光が斜めに差し込んでおり、蒸し暑かった。松のぴりっとした甘い香りが鼻をくすぐり、空気は金色がかって見えた。周囲では、夏の虫がしゃべっているみたいに低い羽音をたてている。

エリックはどこかしら？

何度も見まわす。そろそろどこかから彼の姿が見えてもいいころだ。丘の下まで行けば――。

「やあ」すぐうしろからエリックの静かな声が聞こえた。

不意をつかれ、息をのんで振り返った。いつのまにかエリックがそこにいた。「やだ！　こっそり忍び寄ったのね！」

「昔から身にしみついているからね。なかなか抜けない」

「急に現われるんだもの。どうやったの？」

「幼いころから、人に見られずにすむ方法をたたきこまれたんだ。おれの姿は誰にも見られたくないだろう？　通りを歩く人にも近所の人にも監視カメラにも」

デミは遠く離れていてよく見えない隣の家のほうに目をやった。「あなたといることをレリーンが母に告げ口してきたのが不愉快だった。それに、あとで父とこのことで話しあうのもいや。プライバシーが欲しいの。そのためにこそこそしなきゃならないというならしかたないわ」

「こそこそする練習は何度も重ねてきたから得意だ」

彼の口調にデミはとまどった。いつもどおり魅力的だが、今日の彼はどこか違う。目が遠くを見ている。どこかよそよそしい。そして笑みがない。

彼と距離ができるのはいやだった。彼の手に手を伸ばし、罎の首を握っているのに気づいた。彼は、デミに見えるよう罎を上げた。テキーラだった。彼の手には、ライムの入った袋もさがっていた。「手土産だ」

「そんなのよかったのに。来て。真うしろについてきてね。カメラの場所や、どこを向いているか、どこなら映らないか、全部知ってるから」

「わかった。案内してくれ、プリンセス。おれはきみのやましい秘密を守るよ」

デミは立ち止まって振り向き、ゆっくり言った。「何？　なんて言った？」

「聞こえただろう？」

「やましいことなんか何もないわ」とデミは言った。「わたしは恥ずかしいことをしているとは思ってない。そんなつもり全然ないわよ」

「そうか？　じゃあなんでこんな込み入ったルートを使う？」

「父がタブレット端末で監視カメラをチェックしているからよ。取りつかれてるみたい。カメラが動きを感知するとタブレットから警告音が鳴るの。そうすると画面を見るのよ」

「うわっ。まさに暗黒世界だ」

「でしょ？　あなたがここにいるのを見たら、すぐさまUターンして戻ってくるわよ。わたしたちのデートに両親を招待したい？」

ふたりは緊張のなか見つめあった。

「やめにしましょうか？　あなたがここにいると落ち着かないっていうのはわかるわ。変だものね、忍び込むなんて。やめてもいいわよ」

エリックはデミを上から下まで眺めた。その目に欲望が光っている。ブラをはずして背中が大きく開いた薄手のサマードレスを着たのは正解だった。彼に見つめられて、薄い生地の下で乳首がとがった。

「とんでもない。そいつを味わうためなら世界の果てまで忍び込むよ」

ほっとして膝から力が抜けた。膝以外の場所は期待にうずいた。「わかったわ。でも、どう考えてもやましい秘密じゃないからね。ほかの誰にも関係ないことってだけ。そこははっきりさせたいわ」

「はっきりわかってるよ」

「もっと警戒するつもりなら、湖の小屋に連れていってたわ。スプルース・ティップ・アイランドにあるの。あそこなら完璧よ。監視カメラもないし。でもボートで行かなきゃならないし、いろいろ大変なのよ」

「どこでもいいよ」とエリックは言った。「きみがいれば」

欲望がにじむ低い声に体が震えたが、デミは冷静を装った。「今夜は仕事に行かなくていいってメールにあったけど？」

「そうなんだ」

「うれしい。朝の七時半まで時間があるわ。七時半になったら祖父がコーヒーを飲みに来るの。もちろん、わたしの様子を見に来るわけだけど」

「おれはそのずっとまえに帰るから心配ない」

デミは立ち止まったまま彼の表情をうかがった。だが何を考えているのかわからなかった。何かが違う。何かが変わった。

「どうしたの、エリック？　何があったの？」

彼は眉をひそめた。「何も」

「なんだか変よ。話してほしいわ」

エリックは首を振った。だが沈黙はさらに重苦しさを増し、気まずい空気が流れた。

これはよくない。デミは歯を食いしばり、彼の反応を待った。

ようやくエリックが肩をすくめた。怒りがこもったその仕草は、背中から何かを振り払うようだった。

「ごめん」ぶっきらぼうに言った。「仕事でいやなことがあってね。それでぴりぴりしてるんだ。ここまで引きずるつもりはなかったんだけどうまくいかなかったみたいだね。きみとは関係ないことだ」

「そう。話してくれる？」

「いいや」反論する余地はなかった。

いま無理強いするのはよくないだろう。まだふたりは始まったばかりだ。ワイルドでセクシーな夢の世界にいて、現実に邪魔されていない。彼が現実を近づけたくないのはわかる。でもそううまくはいかないだろう。いつまでもこのままというわけにはいかない。

「悪いね。ふたりきりになれるところに行こう。本気で謝るよ。きみが何も考えられなくなるほど」

「謝らなくていいわ。わたしが歩いたところだけを歩いてね。いい？」

デミは振り返って、カメラと動作感知器にとらえられない歩きにくいルートを彼がついてきているのを確かめてから、プール小屋のドアを開け、照明をつけた。

小屋はガレージとつながっていて、エリックは一瞬足を止めて、影のなかで黒光りするデミの父のおもちゃを感心したように見つめた。ポルシェ991 GT3。

「すごいな。乗り心地がいいだろうな」

デミは冷ややかに車を見た。「そうね。父のお気に入りよ。母との旅行に乗っていけばよかったのにって思うでしょ？　天気がいいんだし、快適な山道をあれで走ったらって。母もあの車に乗るのが好きよ。でもだめなの。父の遊び道具だから。父からすれば母はあれに似合わない。母と一緒のときはヴォルヴォのステーションワゴンに乗るのよ」

エリックの目が細くなった。「そうか。きみはそれがつらいんだね？」

「たぶん。ごめんなさい。わたしのほうも今夜はしたくない話があるわけよ。あなたの仕事みたいに。両親の話をしても意味ないわ」

「今夜はふたりきりだ。あとは愛しあって過ごそう」

「まったく同じこと考えてた」デミはガレージの照明を消してキッチンに入った。

エリックはキッチンを見まわした。「軍隊ひとつ分の料理が作れそうな広さだ」

「わたしが子どものころは母がよくパーティーをしたけれど、最近はあまりないわ。昔はよく六十人分のビュッフェをあたりまえのように用意してたのよ。わたしが料理に興味を持つようになったのはそれを見てたからっていうのもあるの。それはそうと――」デミは冷蔵庫のほうに首を傾けながら言った。「何か作りましょうか？　飲み物がいい？　食べ物？　それとも――」

「きみがいい」

デミはホスト役のきまり文句をやめて笑った。「それもいいわね」

「ブラなしの背中の開いたドレス姿を見せびらかしておいて、クッキーと紅茶はいかがって言うつもりか？」

デミは肩をすくめた。「それよりはサンドイッチとビールのつもりだったけど」

「いや。ショットグラスと塩を頼む。あと、ライムを乗せる皿も」エリックはアイランドキッチンのナイフ立てからナイフを一本取ると、ライムをくし切りにした。

「ショットで？　もう？　まだ時間は早いわよ」

「今夜は盛りあがるつもりだ。クッキーと紅茶じゃだめだね」

デミは期待のあまり落ち着かず、震える手でふたつのショットグラスと皿を置き、小皿に塩を入れた。やはり、今日のエリックはどこか違う。

いつものように危険でセクシーだが、今日は危険のほうの度合が大きい。仕事であったという出来事のせいだろう。あるいはヴォーン家にいることが影響しているのかもしれない。ここに招いたのは間違いだったかも。彼をこの家に呼ぶことで、育ちの違いを強調することになる。お互いがまだ心の準備をしていなかった複雑な感情を引き出してしまった。

怒りを含んだ暗いエネルギーにデミは不安を覚えたが、それでも興奮した。彼のすべてがデミを刺激する。ショットグラスにテキーラを注ぐだけでも。

「それじゃあ」と声が震えないよう努めながら言った。「家のなかを案内する？」

「ああ、寄り道なしでまっすぐきみの寝室に行けるなら」彼は手に塩をひとつまみ乗せてそれをなめてから、テキーラをあおぎ、ライムをかじった。次に、デミの手を取ってキスをしてから塩を乗せた。そしてグラスを差し出した。

「なめて」彼は小声で言った。

彼の言葉は官能的で、みだらと言ってもいいほどだった。滝つぼの光景と、そこでの行為の記憶が頭のなかをかけめぐる。車のなかでの行為も。

デミは塩をなめ、テキーラを飲み、ライムをかじった。塩辛さと苦さと酸っぱさを味わった。エリックはデミを引き寄せてむさぼるようにキスをした。熱く甘い、とろけるようなキスだった。

デミは我を忘れ、体をそらせてうめいた。ショットグラスが手から落ちた。

エリックはそれを見もせずに途中で受け止めた。「これはあとにしよう。きみの部屋に案内してくれ」

「いいわ」デミの声は震えていた。

たくさんある部屋を抜けて彼を案内しながら、また気づいた。彼はとても静かに歩く。古いヴィクトリア朝の邸宅はふだん床のあちこちが音を立てるのに、体の大きな彼が歩いてもなんの音もしなかった。

だが、音がしなくても彼がすぐうしろにいるのはわかった。

背中に感じる彼の性的エネルギーは、燃え盛るたき火のように熱かった。

# 12

　エリックは先に階段をのぼっていくデミの見事なヒップを見つめた。その揺れ方とセクシーな丸みにうっとりした。露出の多いドレスは透けそうなほど薄く、背中はお尻の割れ目が見えそうなほど深く開いている。美しく日に焼けたなめらかな肌が目のまえに広がっている。

　これからその肌に触れるのだ。くまなく触れてキスをしてなめるのだ。

　デミが歩いたあとには彼女の甘いかおりが漂った。エリックはそれを無駄にしたくなくて、余すところなく吸いこもうとした。洗いたての香りがするやわらかい巻き毛が、背中のくぼみや曲線の上で跳ねている。

　左の肩甲骨に、三つのほくろが三角形を描いている。肌はきめが細かく、実になめらかだ。あのビキニのひもの跡だけが、白っぽいクリーム色をしている。肩甲骨は繊細で、背骨は上品なカーブを描いている。

あの体のあらゆる凹凸、あらゆる光と影に触れたくて、手がうずうずした。やわらかい内側を探りたい。すべてを知りたい。すべてを自分のものにしたい。

デミだけに気持ちを集中させた。そうしないとドールハウスのように完璧な家に圧倒されてしまう。高級なアンティーク家具に美術品。ブロケード織りの椅子とソファー。ペルシャ絨毯に堅木張りの床、ブリキの天井、意匠を凝らした木造部分、はめ込みのステンドグラス。まるで宝石箱のなかにでもいるみたいだ。

デミだけを見ているほうが安全だった。だが、階段の途中にかかっている写真は例外だ。ほとんどが、人生におけるさまざまな時期のデミの写真で、幼いころから彼女は美しかった。驚くことではない。あの引き込まれるような目は昔からなのだ。

二階に上がると、彼女は廊下のつきあたりの広い寝室に案内した。エリックの想像どおり、昔風のいかにも女の子らしい部屋だ。木製の四柱式ベッドにレースのフリルがついた天蓋とカバー。飾りつきの枕が重ねてある。中央には、枕に寄りかかるようにして、茶色い巻き毛にフリルつきのボンネットをかぶった古い人形が座らせてある。人形は丸くて青いガラスの目で、苦々しげにエリックを見つめた。

デミは塩とライムをドレッサーに置き、いらだったように人形を取りあげて棚にしまった。

「母がいつもベッドに置くの。枕もそうよ。わたしが目を離すとすぐ山積みにする。邪魔だから床に落とすんだけどいつもつまずいちゃう」

「いいさ。おれはかまわない」彼女のあわてぶりが面白かった。

「わたしがいやなの」と勢い込んでデミは言った。「まるで十九世紀の小説のなかに閉じ込められた気分になるのよ。それにプライバシーってものもあるし。でも、母の家だから母のルールがあるのよね。あと数週間の辛抱だわ」

エリックは、化粧品や香水の壜がたくさん並んでいる白い化粧台に、テキーラの壜を置いた。「それを祝して乾杯しよう。手を出して」

エリックはふたつのグラスにテキーラを注いだ。デミの指先をそっと吸って彼女をあえがせた。それからそれぞれの手に塩を乗せて彼女のグラスを差し出した。

「自由に乾杯」

「ええ」デミはグラスを受け取って飲んだ。「強いわね」

エリックは彼女の手からグラスを取って化粧台に置き、彼女と向きあった。

深呼吸をして、待つ。ただ彼女を見つめたまま沈黙が流れるに任せた。

デミは何か言おうとしていたが、何を言いたかったのか忘れてしまったようだった。目を見開いてエリックを見つめ返す。口は半開きで息が荒い。

彼女はエリックに体を預け、それがダンスの始まりだった。

エリックはドレスの細い肩ひもに指をかけた。軽く引っ張っただけでひもははずれた。襟元がかたくなった乳首に引っ掛かった。

エリックの指がそれをはずすと、ドレスは腰まで落ちた。ああ。

彼女の裸はすでに見ている。彼女に触れたしキスをしてなめたし、最後までいった。それでもその美しさはまたしてもエリックを圧倒した。見るたびに、エリックは不器用な初心者に戻ってしまう。巧みなテクニックは地の果てに消えてしまう。毎回そうだ。

デミはまるで、内側から光を放っているように見えた。星のように輝いている。張りつめた乳首は、クリーム色の胸のなかでそこだけ色が濃い。

エリックはその胸を、あがめるように手で包んだ。触れたとたんに指先がショック状態に陥った。花びらのようなやわらかさ。はりがあってしなやかだ。デミの体が震え、うめき声がもれた。

エリックは化粧台のまえのベンチを指して言った。「ふたり乗っても大丈夫かな?」

「どうかしら。試したことないわ」

「じゃあ試してみよう。鏡のおかげで一度にいろんな角度からきみを見られる」ベンチを鏡から離れたところまで引っ張ってきて、鏡のほうを向いてまたがった。デミに片手を差し出した。「またがって」

デミは下唇をなめると、スカートをたくしあげ、日焼けした形のいい脚を上げてエリックの下腹部の高まりの真上にまたがった。やわらかくて豊かな胸がエリックの目のまえにあった。

抱えている問題をしばし忘れるのに、これほどいい方法はない。デミの乳首を口に含み、痛いほどの勃起に彼女の股間を押しつけられたら、それ以外のことで頭がいっぱいになるなんてありえないことだ。

口で彼女を愛撫し、鼻をつけ、なめ、吸った。深くゆっくりと吸った。デミは彼の首に腕をまわし、体を動かした。息を震わせ、詰まらせながら、エリックにまたがって上下に動く。身をよじり、熱くとろける秘所をうずく彼自身にこすりつける。ゆっくり、ゆっくりと。

いつまでもこうしていたかった。体を揺らし、腰を上げ、彼女を抱き、吸っていたかった。

デミは頭をのけぞらせ、最初のオルガスムに体をこわばらせた。悦びが彼女の体を脈打たせるのを感じると、エリックは自分も下着のなかに射精しそうになった。

だがこらえた。なんとか乗り切った。まだだめだ。危険区域から身を引き、目を閉じてゆっくり息を吐き……抑えこんだ。あとにとっておけ。

「ああ、エリック」とデミがささやいた。「よかったわ」

「じゃあ乾杯しよう。動かなくていい。このままできるから」

デミはエリックの肩につかまり、エリックは彼女のうしろに手を伸ばして化粧台に置いたグラスにテキーラを注いだ。塩とライムを彼女に用意しながら、彼女のすべてを記憶に刻み込んだ。髪の生え際に浮かぶ汗の粒。テキーラを飲むときの喉の動き。ライムをかじり、酸っぱさに息をのんでから笑う彼女の唇に残る水分のきらめき。塩の結晶とライムの果汁をなめるピンク色の舌。

夕方の太陽の光が窓から差し込んで彼女の髪を照らした。まるで光輪のようだった。

エリックはグラスを置き、デミをつかまえた。誰かに奪われるのを恐れるようにキスをした。だが今夜は疑いや恐れを感じている暇はない。デミにしてもエリックにしても。

今夜は彼女を暴走列車のようにノンストップで走らせる。不安や疑問を持つ余裕もないほどに。

ぼきっ。

エリックはすでに彼女の尻を手で支えながら立ちあがっていた。彼女を抱きあげながら、ふたりの体重に耐えきれなかったベンチを蹴った。脚が一本折れていた。

「しまった。ベンチを壊した。ごめん」

「あら」エリックにしっかり脚を巻きつけ首に抱きついたままデミは言った。「いいのよ。エリック、あなたったら反射神経が鋭いのね」

「そうかも。あとで、きみの両親が帰ってくるまえに直すよ」

「その心配はあとにしましょう」

「賛成だ」ベンチを蹴飛ばし、デミを立たせて鏡に向きあわせた。うしろから抱きしめ、スカートをたくしあげる。スカートは彼女のウエストまで上がった。その下はワインレッドのレースのTバックだった。エリックは彼女の首にキスしながら耳元でささやいた。「パンティを脱いで」

パンティが彼女の足首のまわりに落ちると、熱かったエリックの体はさらに熱くなった。ビキニの日焼け跡と、下の毛のまわりの白い部分をうっとりと見つめた。

「デミ」くぐもった声で言った。「きみは完璧だ」

「ありがとう」彼女は唇をなめた。「あなたもホットだわ。わたし、燃えてしまいそう」

「まだまだこれからだよ。片足を化粧台にかけてごらん」

デミはとまどった顔でエリックを見たが、言われたとおりにした。薄い色に塗られた足の爪に光が当たり、真珠のように見える。

エリックは彼女の膝をつかんで脚を大きく開かせた。「見せてくれ。きみの秘密の場所を見たい。すごくきれいだから」

デミは照れたように笑った。「どうぞ。気がすむまで見てちょうだい」

それからはまともな会話はできなくなった。目のまえにすべてをさらけ出されると、エリックは言葉を失った。ただ見つめながら、心拍数が三倍にも跳ねあがるのを感じるだけだった。

彼女の秘所はさまざまな色調のピンクに輝き、蘭(らん)の花びらのような形をしていた。突き出た小陰唇は色が濃く、輝いている。

気がすむまで見てちょうだい、か。一生見続けても気がすむことはないだろう。

デミの首筋の片側に顔をつけ、キスをしながら手を下に這わせた。片手でやさしくクリトリスをさすり、もう一方で陰唇を愛撫する。熱い内部に指を滑り込ませる。

何時間でもこうしていられるとエリックは思った。だが彼女は二分ともたずに彼の腕のなかで身をこわばらせ、叫び声をあげた。脈打つ快感が彼女の体を震わせ、彼女の肉がエリックの指をきつく包んだ。

その快感はエリックにも伝わり、エリックはデミと一緒に達しそうになった。いい気持ちだった。彼女のお尻に押しつけられた彼自身が一刻も早く行動を起こしたがっている。

「きみが達するたびに乾杯しようと思ってたんだ」と彼女の耳に向かってささやいた。

「だけど今夜のきみは敏感すぎる。少しペースを落とそう」

「あなたが達したときに乾杯するっていうのはどう?」

「それはまた今度にしよう。きみを優先したいんだ。きみに最高のときを過ごさせたい」

「もう過ごしてるわよ」デミはエリックに向き直り、ジーンズのボタンに手を伸ばした。「もうすぐもっとよくなるわ。脱いで」

エリックはジーンズを落とした。ペニスがデミの手に向かって跳ねあがると、デミの喉から悦びの声がもれた。熱くかたいそれは、デミに触れられるのを切望している。

「ああ、エリック」デミはささやきながら、握り、さすった。「すごいわ」

エリックはサンダルを脱ぎ捨て、デミのドレスを下ろして絨毯に落とした。

「このほうがいい」ふたたび彼女を鏡に向きあわせた。まえとうしろの両方から、彼女の姿を堪能したかった。いっぺんにあらゆるところに触れたかった。

鏡のなかで目が合った。デミはエリックに向かって微笑み、前かがみになって片手を化粧台についた。脚を大きく広げ、背中をそらす。

そしてエリックを振り返った。肩にかかる髪が滑る。唇には、エリックを誘う官能的な笑みが浮かんでいた。

エリックは持ってきたバッグから震える手でコンドームを出した。記録的な速さで装着してから彼女の背後についた。お尻をなでる。秘所を最初は指で、次にペニスで愛撫する。

陰唇を上下になでるようにペニスを動かして潤いを広げ、挿入しやすくする。彼女が体を押しつけてくると、エリックは腰を引いた。

まだだ。焦るな。

「お願いよ、エリック」デミは息を切らしながらじれたように言った。「何を待ってるの?」

「待ってるんじゃない。この瞬間を楽しんでるんだ。きみをこいつで愛撫するのが好きなんだ……こんなふうに。気持ちいい?」

彼女の体を震えが襲った。「あなたには勝てないわ」

「そうだろうね。きみを熱くさせ、濡らし、いかせる。そのためならなんでもするよ。任せてくれ」彼女に手を回し、クリトリスを指ではさんでそっともみながら、ペニスの先端をゆっくり挿入した。

彼女はぴくりと体を震わせてあえいだ。ペニスを包む筋肉が震える。

「エリック」ささやく声も震えていた。「お願い」

もう自分を抑えることはできなかった。荒い息を吐きながら、エリックは彼女のなかに突き進んだ。

# 13

　エリックが侵入してくると、デミは声をあげた。深く沈み込んだかと思うと滑り出ていく。ゆっくりとした慎重な動きだ。回を重ねるごとにデミの体はやわらかさを増し、彼をより深く迎えられるようになった。

　そのたびにワイルドなエネルギーに包まれた。体の奥のどこか――これまでその存在を知らなかったどこか――からわきあがる欲望に身を任せた。彼が腰を動かすたびに、デミは巨大で無限で素晴らしい何かを新たに知っていった。

　何やら音が聞こえると思ったら、自分の声だった。化粧台の上のものがぶつかりあって音をたてる。化粧品やローションのボトルが、エリックの動くリズムに合わせて揺れる。香水の壜と口紅が倒れて転がった。いくつかは絨毯の上に落ちた。

　そこに存在するのはふたりの体が織りなすダンスだけだった。デミのなかで突き、旋回し、滑るように動く彼のペニス。彼はゆっくりとしたスペースを保った。彼の手がデミのヒップをつかむ。彼が突くたびに、デミは次を待ち望む。

デミが叫び声をあげて激しく身をよじりはじめると、彼はペースをさらに落とし、互いの望みを満たすように強く激しく突いた。そしてデミは絶頂を迎えた。

クライマックスは激しくも甘美だった。熱く波打つ快感の余韻は永遠に続くかに思われた。やがてそれは、水面に映る月明りのゆらめきに変わった。ああ、最高だわ。

鏡のなかでふたりの目が合った。彼のものはまだデミのなかにあった。動きはなく、完全に勃起している。「まだいってないの？」

彼はデミから出て首を振った。そしてデミの体を起こして自分に寄り添わせた。そっとデミの肩をかんでからなめた。「とってあるんだよ」耳元でささやいた。

彼の目がまた遠くなった。それが気になった。

「あなたはわたしをもてあそんでる」

「おれが？」彼は一瞬微笑んだ。「どういうこと？」

「セックスの神さまみたいにわたしを何度もいかせて、そのくせ自分はけっして自制心を捨てない。誤解しないで。それはほんとうに立派だと思うのよ。でも、あなたがその自制心を失うところを見たいの。爆発するあなたを見たい」

エリックはしばらく黙ったままデミの髪に顔をうずめていた。「そんなに単純なことじゃないんだ。こんな気持ちははじめてだけど、必死で自分を抑えているんだ。きみを傷つけたり怖がらせたりしたくないから。意地悪をしたくて自分を抑えているわけじゃない」

「わたしは傷つきも怖がりもしないから、そんなに必死にならないで。あなたを知りたいの」

言ったとたんにきまり悪くなった。まるでおねだりをする子どもみたい。彼を知りたいなんて、どういうつもり？　自分のことだってわからないのに。エリックとこうなってからの二十四時間で、いままで知らなかった自分をはじめて知った。

でもいまは、言ったばかりの言葉を取り消すべきときではない。

デミはベッドに行き、よけいな枕を払い落とした。ベッドカバーとシーツをめくり、誘うようなポーズで横になった。雑誌のグラビアのように、枕の上に見栄えよく髪を広げ、胸を突きあげた。

そしてなまめかしい視線を彼に向けた。「それで？　今度はどうするの？」かすれた声で言った。「恥知らずのじらし屋さん」

「どうすると思う？」エリックは彼自身の根元を握って突き出しながらベッドに乗った。「きみの言葉を真に受けるぞ」警告するような響きがあった。

「そうしてちょうだい」

エリックはつつましく閉じていたデミの膝に手をかけ、脚を大きく開かせた。脚のあいだを見つめてから、左手で丘をおおった。「おれのものだ」鋼鉄のような冷たい声だった。

デミは驚いた。「何？　何があなたのものなの？」

「これだ」エリックは彼女の秘所をゆっくりなでてから指をなかに入れた。

「ああ」震える声でデミはささやいた。「独占欲が強いのね」

「ああ。そうだ」

返す言葉がなかなか浮かばなくて、しばらくぼんやりと彼を見つめた。「ちょっと早すぎるんじゃないかしら？　わたしの体の所有権を主張するのは」

「わかってる。これがほんとうだとか、正しいとは言ってない。きみはきみ自身のものだ。でもきみに触れているとそういう気分になるんだ。きみはそれを知りたかったんだろう？　おれがどういう気分になるかを」

デミはためらった。「ええ……まあ」

「そうだろ？　きみのここに触れていると、自分だけのものだという気がするんだ」

エリックの声はしゃがれていた。「とろけるように熱くやわらかくなっておれを待ち受けている。そうなるとおれのなかの野獣がうなり声をあげるんだ。これはおれのものだ、とね」

エリックはデミの腰をそっと持ちあげ、陰唇を広げてクリトリスを突き出させた。

「だから自分を抑えようとするんだ。面倒なことにならないように」

身をかがめてクリトリスの周囲に舌を走らせる。デミはうめき声をのみこんだ。彼の舌がそこをなめて愛撫する。「ああ、いいわ、エリック」

「おれのものだから、吸うのもなめるのも思いどおりだ」彼はそっと舌を差し入れた。

「きみはいい味がする。甘い汁も全部おれのものだ。全部なめつくしたい」

彼の低い声が下腹部に響き、デミは頭がどうかしてしまいそうだった。下に手を伸ばし、彼の髪をつかんで引っ張った。「たまにはあなたを優先したいわ。口でやるなら、今回はわたしがあなたをいい気持ちにさせたい」

彼はデミの脚のあいだに転がった。「おれの秘密を知りたいんじゃなかったのかい?」

「知りたいわよ。でも——」

「まずひとつ。おれは独占欲が強い。ふたつめ。命令されるのがきらいだ」

「ええ、気づいてたわ」ペニスの先端でクリトリスを愛撫され、デミは背中を弓なりにそらせた。彼がデミのなかに入りながら、甘く湿った音をたてる。

「三つめ」と彼は続けた。「主導権を握るのが好きだ」

デミは彼を見あげた。ペニスの先端に内部を突かれ、唇から吐息が漏れた。「そうなの? それは問題だわ。わたしも主導権を握るのが好きだから」

「へえ。これは好き?」エリックは腰をさらに突き出してデミの奥へと進んだ。

とたんにデミはオルガスムに達し、内部の肉が彼自身をきつく包んだ。

震えるまぶたを開けると、エリックが満足げに見つめていた。「問題はなさそうだ」彼はささやいた。

デミは快感に屈し、彼の腰の動きに身をよじった。巧みな動きによって、正気と狂気の境に、さらにその先へといざなわれた。

ふたりは同時に爆発した。

デミは長いこと動けなかった。全身から力が抜け、汗だくだった。エリックのものはまだデミのなかにあった。いつもよりほんのわずかやわらかくなっているだけだった。目を開けてみると、エリックの腿の上に脚を乗せていた。デミは体を彼にすりつけてくねらせた。「あなたもいったんでしょう？　そんな感じがしたけど」

彼はデミのなかにとどまれるよう、彼女のお尻を手で引き寄せた。「ああ」

「よかった。でも、まだかたいわ」

「きみがそうさせるんだ。こいつをどうするにせよ、コンドームは一回はずさなきゃな」残念そうにため息をつきながらデミから出た。「きみは最高だ。ところでどこで――」

「バスルームはあのドアの向こう」デミは指さしながら言った。

デミは、バスルームに消えていく彼の引き締まったお尻をうっとり眺めた。水の音が聞こえてきた。空が暗くなりつつあった。地平線に近いところで星がひとつ明るく瞬いている。

ドアが開き、彼の姿がシルエットになって浮かびあがった。彼はバスルームの照明を消してベッドに戻った。新しいコンドームを当然のように装着するそのふるまいは間違いなく、主導権を握る男のそれだった。

「もう？」とデミは言った。

「休みたいなら少し休もう。おれはただ、また幸運が訪れたときのために準備をしておきたいだけだ。急ぐことはない。おれの勃起はどこにもいかないから。きみ次第だよ、デミ。いつだってそうだ」

デミは震える息を吐き、彼から離れて立ちあがった。小休止が必要だった。彼の圧倒的なカリスマ性、脳みそを溶かすような性的魅力、ゆるぐことのない独占欲。盛りだくさんで息がつけない。

心を落ち着けようとバスルームに逃げ込んだ。体を洗い、鏡に映る顔を見つめた。自分の顔じゃないみたいだった。放心状態でぼんやりしている。顔と胸はピンク色にほてり、髪はぼさぼさで、唇は情熱的なキスのおかげで赤く腫(は)れている。

ここまで誰かを近くに感じたことはなかった。自分自身でさえ。もう抑えが効かなかった。デミの守りはゆるくなっただけでなく、消えてなくなってしまった。デミは無防備で、そして恋に落ちていた。

それも、どうしようもないほど激しく。成就しなければ心が張り裂けこの世が終わるような、ギリシャ悲劇を地でいく恋だった。そしてこの恋が成就する統計的確率は……。

高くはない。

# 14

またやってしまったか。そう思いながら、エリックはデミがバスルームから出てくるのを待った。

ずいぶん時間がかかっている。かかりすぎだ。三十分が過ぎたころ、エリックは結論を出した。やってしまったのだ。またしてもやりすぎてしまった。度を超えた行為のせいで彼女を混乱させてしまった。

くそっ。

永遠に続くかと思われたシャワーの果てに、デミはやっと出てきた。体にタオルを巻き、いいかおりのする蒸気に包まれている。間抜けなペニスがたちまち元気になる。まるでセックス依存症だ。ベッドにうつぶせになっていればよかった。いかに彼女に惹かれているかをしつこく見せつけるのでなく、小休止を与えるべきだった。

彼女は、張りつめて紫色になったペニスに一瞬目をやってからエリックの顔を見た。「大丈夫か？」

エリックは、どうってことないというしるしに肩をすくめてみせた。「大丈夫。少し考える時間が欲しかったの」

「何を？」

「ずいぶん長いこと出てこなかったけど」

デミは首を横に振った。「その巨大なものを目のまえで振りまわされながら冷静な会話なんかできないわよ。そっちが気になっちゃう」

エリックはがっかりしてジーンズに手を伸ばした。「服を着るよ」

「いいえ、着ないで」デミはぴしゃりと言った。「エリック・トラスク、いますぐそれから手を離してちょうだい」

ジーンズは床に落ちた。「着ちゃいけないのか？」狂おしいほど期待しているのが彼女に伝わっていないといいのだが。

「まだよ。祖父が来る七時半まで時間はあるんだもの。念のため七時までにしておきましょう」

「デミ」

ああ、神さま。エリックはベッドの向こう側まで移動して、勃起がやまない下腹部をシーツで隠した。「これでいい。ムスコは隠したから問題解決だ。こっちに来て、きみを悩ませていることについて話そう」

デミはベッドに座り、タオルを巻いたまま脚を引きあげた。「あなたが言ったことを考えてたの。主導権を握るのが好きって」

「そんなの気にしないでくれ。きみを興奮させるためのたわごとだ。すべてはきみをいかせるためだ。心配するな」

「最後まで言わせて」デミは鋭く言った。「ときには率直に言うべきこともあるのよ。それが大原則よ」

エリックは寝転がって言った。「わかった、続けてくれ。聞くよ」

「まず、あなたがわたしを興奮させるためのたわごとを言ったなんてわたしはこれっぽっちも信じていない。たわごとは聞けばすぐにわかるけど、あなたのあれはたわごとではなかった。あれは真実よ。少なくとも、あなたがあのときほんとうに感じていたことだわ」

「わかった。きみの言うとおりだ。あれは嘘じゃなかった。だから？」

「だから問題なのよ。あなたはつねにわたしにいらだつようになる」

エリックは彼女の頬骨の曲線がよく見えるよう横向きになった。彼女の大きな目は不安に陰っている。「どうして？」

「わたしは誰にも主導権を握られるつもりがないから」毅然とした声でデミは言った。

「もうたくさんなの。わたしの人生は新しい段階にさしかかっているのよ」

「いいね。きみは頑張っているよ。自分のやり方で。すごいと思う。惹かれるよ」

「わたしは気難しくて頑固なの。両親に訊いてくれればわかるわ」

エリックはためらいながら横目で彼女を見た。「ええと……」

「やっぱり訊かないで。わたしの言葉を信じてくれればいい」

「そのほうが安全そうだ」

「わたしには計画があって、それをあきらめるつもりはないの。絶対に」

「よし。おれにも計画がある。お互い、困難を乗り越えるのに忙しくなる。刺激的じゃないか。やっぱり、問題があるとは思えない」

デミは眉根にしわを寄せて探るようにエリックを見つめた。「わたしの上に立とうなんて、そんな熱すぎる夢は見ないでほしかった。実現しないから」

強い意志の力が必要だったが、ここで笑い飛ばしたりしたらすべて台なしだ。エリックは、贖罪（しょくざい）にまっすぐ向かう細い道に戻れるような言葉を探した。

「そんなことをするつもりはない。おれはおれの、きみはきみの上に立てばいい。うまくいくさ。あちこちに火花が飛ぶかもしれないが、退屈はしないですむ」

デミは目を細めた。「何が言いたいの？」

エリックは熱を込めて続けた。「ベッドのなかでドラマが繰り広げられる。毎晩ね。おれはあらゆる魔法を使ってきみを邪悪な意志に従わせようとする。だけどうまくいかない。きみは誰かに従うような人じゃないから。おれは身の程を思い知らされる。そんなことを何度も繰り返しながら、おれたちは汗にまみれ、寝返りも打てないぐらい疲れ果てるんだ。おれはその準備ができている」エリックはシーツを持ちあげて自分の股間を見た。「こっちも」

デミは目を細くしてエリックを見た。「喧嘩を売ってるの？　わたしは真面目な話をしてるんだけど」

「墓穴を掘るつもりはなかったんだが」エリックは真剣な顔を崩さずに言った。「きみはきみの女王であり、おれはそれを尊重する」

エリックは上掛けを上げて彼女を手招きした。「そんなつもりはなかった。誓って言うよ。タオルをはずしてこっちに来てくれ。頼む。横にいるだけでいい」

「いやな言い方」

デミはタオルを床に落とし、エリックの隣に滑り込んだ。

肌が触れあっただけで、甘く温かい興奮に全身を襲われた。ほっそりした腕、形のいい脚、花の香りがするなめらかな髪。赤ちゃんのようにすべすべして雲のようにやわらかい肌。

エリックのあらゆる感覚が暴走した。ことに及んでその感覚を満足させてもよかったが、そうするつもりはなかった。彼女ににじり寄り、肩から腿にかけてをそっとなでた。

キスをする勇気も、もう一度最後までいく勇気もなかった。彼女を見ることもできなかった。顎の下に彼女の頭を抱き寄せ、目を閉じた。鉄の自制心を働かせて。

しばらくすると、裸の胸に当たる彼女の温かい吐息が落ち着いてきた。眠ったようだ。

エリックは、その寝顔を見ずにはいられなかった。見るのがつらいほど美しい寝顔だった。

ここまで誰かを気にかけるのは危険だ。そちらにばかり気がいってしまう。自分から望んで苦しむようなものだ。それはずいぶんまえに学んだことだった。〈ゴッドエーカー〉の火事のまえ、母が亡くなったときに。エリックはデミの髪をなでた。すばらしい手触りだった。

はかなくて大切な、まるで愛そのもののようだ。繊細で、気を抜くと壊してしまいそうだ。

だが選択肢はほかになかった。デミがエリックの心を開いた。もう彼女を閉め出すことはできない。あと戻りはできない。

エリックにできるのは、痛みに備えて覚悟を決めることだけだった。

目を覚ますと、窓から月の光が差し込んでいた。デミは温かさに包まれていた。エリックが髪をなでながら見つめている。

「眠れないの？」

彼は首を振った。「この感覚を一瞬でも逃したくなくて」

デミは微笑んで彼にすり寄った。「どんな感覚?」

エリックはデミを抱きしめた。「なんでもできる気がする。山を動かすとか、月まで飛ぶとか。思いつくことなんでもだ」

「わたしもよ」デミは手を伸ばし、エリックの顔をなでた。細かい無精髭、熱く湿った肌。見事な骨格。彼の体に視線を移す。相変わらずそそり立っている。コンドームは装着ずみだ。なんて都合のいいこと。

デミはそこを手で包み、やさしくさすりはじめた。

エリックはデミの手に手を重ねた。「デミ、こんなことしなくても——」

「いいの。この話は終わったでしょ。わたしはわたしの女王なのよ。覚えてる?」

「だけどもう二回したし」

「わたしの果てしない欲望についてこられて、あなた運がよかったわね」

エリックは笑ったが、デミがペニスの根元まで手を滑らせて強く握り、コンドームがきちんと装着されているのを確かめると、彼の笑いはあえぎ声に変わった。

「ああ、デミ」かすれた声で彼は言った。「お願いだ」

「ええ」デミは答えると、彼の肩をつかんで引き寄せた。

エリックはその合図に従って慎重にデミの上に乗り、肘をついて自分の体重を支えた。そしてベッド脇のランプをつけた。やわらかいオレンジ色の光がともった。「きみを見たい。あまりにきれいだからじっくり見たいんだ」

エリックの体は見事だった。筋肉質の大きな体の曲線が、やわらかな光と影によってくっきりと描き出されている。デミは強い鼓動を感じた。胸のなかで。そして脚のあいだで。

彼の下で手を動かしてペニスをつかみ、自分にこすりつけた。そうやってペニスを濡らしてから、なかに導いた。さらに深く迎えられるよう、体をよじり、のけぞらせた。

エリックはまえへ腰を動かしながら突き進んだ。「行きすぎたらそう言ってくれ。このまま永遠に進めそうな気がしてしまう」

「大丈夫よ。心配しないで。わたしも永遠に続けてほしい」

その言葉がエリックの脳に届くまでの一瞬のあいだ、ふたりの動きが止まった。エリックの目がきらりと光ったが、彼は何も言わなかった。やさしく、だが情熱的にキスをしてから言った。「きみがやめてと言うまで続けるよ」

「大胆ね」

「大胆だけがとりえだ。ずっとおれを見ていてくれ。それが支えになるから」

目を離せるわけがない。わたしの上で体をのけぞらせて腰を動かしているエリック・トラスクから。腰を押しつけられるたびにデミはあえいだ。快感に身を委ねた。

彼の視線は険しく、容赦なかった。深く突き進みながら発する彼の体からのメッセージは、デミにも伝わった。おれのもの。おれのもの。きみはおれのものだ。

よかったかなんて尋ねなくても、よかったことは彼にも伝わっているはずだ。ふたりはひとつに溶けあったのだから。

悦びがふたりを同時に襲った。同時に圧倒した。

その後ふたりはつながったまま横になった。エリックはデミのけだるい抵抗にもかかわらず名残惜しげに離れ、コンドームの処理をしに行った。そしてすぐに戻ってきて、熱い裸体でまたデミを抱いた。

デミは、この瞬間ほど幸せを感じたことはなかった。白昼夢のなかを漂った。シアトルで彼と一緒にアパートを探す。大都市は家賃が高いから、しばらくはワンルームで我慢しなければならないだろう。あらゆる意味で余裕がない生活になることは間違いない。

そして楽しいことも間違いない。なんてわくわくするのかしら。考えるだけで気分が高揚する。

車のエンジン音と木々のあいだで光るヘッドライドが、デミを一気に空想から引き戻した。デミはばねのように起きあがった。

「大変!」パニックになりながら言った。「早く帰ってきたんだわ。どうしよう!」

「デミ」エリックは静かに言った。「落ち着いて」

「落ち着けなんて言わないで!」デミはエリックのパンツを拾って彼の胸に投げつけた。「服を着て。早く! 急げばプール小屋のドアからこっそり——」

「いやだ」

「いやだってどういうこと?」デミは叫んだ。「動いてよ! 殺されたいの?」

エリックはベッドから降りた。「服は着るよ」ジーンズを穿きながら彼は言った。「だけどウサギみたいに逃げ出したりはしない。お父さんが帰ってきたなら、監視カメラにおれが映るのを見たってことだろう。いまさら騒いでもしかたない。おれたちは捕まったんだ。歯を食いしばって乗り越えよう」

「あなたが人生最悪の瞬間を迎えずにすむようにしたいだけよ！」

エリックは短く笑ってからサンダルを履き、Tシャツを着た。「残念ながら、ベン・ヴォーンが何をしようと、おれの人生最悪の瞬間には遠く及ばないだろうね。おれは怖くない。だけどきみがお父さんを怖がっているのは気の毒だと思ってる」

「ほんとうにいいの？　侮辱と罵倒を受けるのよ。なぜそんなことするの？」

「逃げるのはいやなんだ」

「こんなことしたくないわ、エリック。今夜はいや！」

「それならおれをここに呼ばなきゃよかったんだ。捕まるのが怖いなら罪を犯すなってことさ」

デミはショックを受けた。「本気なの？　わたしの気持ちなんかおかまいなしに、父と対決しろっていうの？」

「そうだ。おれの考えに賛成するか？　しないか？」

「そういう問題じゃないわ！　ばかなこと言わないで！」

「そういう問題だ。質問に答えてくれ。賛成するか？　きみ次第だ。きみが賛成ならおれは行動する」彼は待った。「さあ、どうする？」

デミは外でちらつくライトから彼の顔へすばやく視線を戻した。車が止まった。それから後退しはじめた。

衝突音が聞こえ、デミは窓辺に駆け寄った。

エリックがうしろに立ち、ふたりは外を見た。銀色の大きなジープがパティオから転回用のスペースに向かってバックしているところだった。パティオのバーベキューセットが倒れている。ジープはペチュニアの花壇に乗りあげ、鳥の水浴び容器をひっくり返し、低い植込みの上をがたがたとゆっくり走ってから私道に戻った。

そして加速して走り去っていった。父のヴォルヴォのステーションワゴンではなかった。

「うちの両親じゃないわ」蚊の鳴くような声でデミは言った。「バート・コルビーよ。郵便受けを倒したお隣りさん。また酔っぱらってるんだわ。間違ってうちに入ってきたのよ」

遠くで何かがぶつかる音がして、デミは顔をしかめた。「やだ、また郵便受けだわ」

ふたりはバート・コルビーの車のヘッドライトを見つめながら、車が私道の先の茂みから通りに出て走っていくのを見送った。

デミはほてった頬に手を当てて心臓の鼓動を落ち着かせようとした。そして「あせった」とつぶやいた。

エリックは何も言わずに離れた。気まずい沈黙が流れた。

デミはバスルームのドアのフックからバスローブを取って裸の上にはおり、手荒くひもを結んだ。「せっかくの気分が台なしだわ」

「たしかに」

「無駄にあわてちゃってごめんなさい」

「おれはあわてなかった。心の準備はしっかりできていたよ。でもきみはおれの質問に答えなかった。おれの考えに賛成するのか？　しないのか？」

デミは髪をうしろに払い、いらだちながら言った。「やめてよ、エリック。いまはそんな話をするときじゃないわ」

「答えないのが答えということだな？」

「脅すみたいなこと言うのやめて」デミはぴしゃりと言った。「父からさんざん言われているの。あなたにまで言われたくない」

エリックはゆっくり息を吐いた。「わかった。これが合図なんだろうね」

「どういう意味？　なんの合図？」

「もといた壁の穴に引っ込むときが来たってこと。願わくはお上品な人の目に留まらずにね。次にまた種馬需要で必要とされる日まで」

　デミはたじろいだ。「種馬ですって？　なんてことを！」

「真実を言っただけさ。邪魔が入ったのは残念だったな。昔ながらのやましい秘密の行為をしてあげられるところだったのに。家じゅうできみを抱いて、すべての部屋に熱いセックスの記憶を残すのさ。ダイニングルームのテーブルで口でいかせてやってもよかったし、ガレージのポルシェに手をつかせてうしろから入れてもよかった。書斎の椅子に座って、きみに口でやってもらっても――」

「最低！」

「大きな家だ、二回に分けないと無理かもな。でも考えれば、きみのおかげでこっちはずっと勃起したままだから、ひと晩で全部屋攻略できるかもしれない」

　デミは彼に平手打ちを食らわせ、痛む手を見つめた。ふたりのあいだの空気が急に変わってしまったことがショックだった。最初はあんなに幸せで高揚していたのに。上から世界を見下ろして、自分たち以外の人々を気の毒に思っていたのに。

父が手を触れたものはすべて醜くなる。とうとうエリックとの仲も汚されてしまった。この場に現われることもなく、父はそれをやってのけた。一瞬で天国から地獄に突き落とされてしまった。

エリックは赤くなった頬に手をやり、しばらくしてから言った。「たたかれるのも当然だな。言い過ぎた」

「帰って。いますぐに」唇が麻痺(まひ)した気がした。

エリックは荒れた室内を見まわした。壊れたベンチ、ベッドから半分はがされたシーツ、壁から引き出された化粧台、床に落ちた化粧品や壜類。コンドームの包み、ショットグラス、ライムのかけら、あちこちにこぼれた塩。

「竜巻が通ったあとみたいだな。片づけを手伝おうか？　少なくともベンチを直すことはできる。証拠を消すんだ」

「けっこうよ、自分でやるから。帰ってって言ったでしょ」デミは彼を押そうとしたが、相変わらず、巨大な木の幹を押すようなものだった。びくともしない。

エリックはテキーラの壜の首をつかみ、廊下に出た。

デミはあとを追った。階段を下り切ったところで彼は振り向き、デミを見あげた。

「昨日、一緒に逃げようと言ったら、きみは早すぎると答えた。一回喧嘩したあとにしようと」

デミは涙を拭いた。「何が言いたいの？」

「これが一度めの喧嘩だ。最悪の喧嘩だった」

「そうね」

「きみが怒り狂ってるこのタイミングで言うのはばかげているかもしれないが、おれはまだきみと逃げたいと思ってる。愛していると言ったのは本気だ。そこだけはっきりさせておきたい」

彼のずうずうしさにデミはたじろいだ。「帰ってったら！」

彼はあの、遠くを見るような冷たい目でデミを見あげた。

「きみは口では勇ましいことを言い、反抗的で強い態度をとる。でも、そういうふりをしているだけだ。ほんとうは、がたがた震えている臆病な女の子だ。パパの言いなりの」

「エリック、この家から出て行ってちょうだい」

「おれたちの仲は特別だ」エリックはかまわず続けた。「だけど犠牲を伴う。大人になる決心がついたら連絡してくれ」

「期待しないで」

エリックはうなずいた。「わかった。おやすみ、デミ」彼はキッチンの戸口から出て行った。ドアが開き、閉まる音が聞こえた。

脚から力が抜け、デミは階段に沈み込んで泣いた。

# 15

外に出たエリックは、監視カメラを回避するデミの複雑なルートを無視した。そんなものはくそくらえだ。こそこそするのはもうたくさんだった。

案の定、郵便受けはまた倒されていた。今度は完全に地面に倒れていたが、もとに戻す気にはならなかった。今回は、戻すのが適切な行ないには思えなかった。

車に乗ってから、〈モンスター〉のタイヤがすべて切られているのに気づいた。四本ともぺちゃんこになっている。

文なしのエリックにとって新たな災難だった。レッカー車を呼ぶ金がない。ハイツを抜け、町を抜け、オーティスの家まで歩かなければならない。十マイルを超える道のりだ。それから、アントンかオーティスに頼み込んで、オンボロ車を家まで運ぶのを手伝ってもらわなければならない。そのあとなんとかしなければ。修理に必要であろう費用は、ボルダーオパールとダイヤの婚約指輪になってしまった。

いましがたエリックに向かって出て行けと言った女性のものとなる指輪に。

そう言われるのも当然だ。口の悪い性悪女みたいに文句を並べたのだから。女性に向かってあんなふうにどなるところをジェレマイアに聞かれたら、ものすごい勢いで張り飛ばされていただろう。預言者は古くさい女性観の持ち主だったが、女性は守るべき存在で、敬意を持って礼儀正しく接するべきだと信じていた。

いくつかの注目すべき例外はあった。たとえば、エリックたちの母が〈ゴッドエーカー〉での最後の冬のあいだ咳き込んでいたのに抗生物質をのませなかったこと。十五歳のフィオナが人間であり、下劣なろくでなしに与える褒美ではないということに思い至らなかったこと。

最後になって、〝敬意を持つ〟、〝守るべき〟という部分が失われてしまったのだ。ジェレマイアの正気とともに。

それがエリックにとっての〝預言者の呪い〟だった。おれもまた、愛するものを壊すようプログラムされているのかもしれない。おれと、そしておれの家族の呪いから遠く離れているほうが、デミは健全で幸せな人生を歩めるのかもしれない。

黙れ、また泣き言か？　自分を憐れみたいのか？

エリックは足早に歩きはじめた。自分に嫌気がさしていた。半マイルほど歩いたところで、うしろから車の音が聞こえ、夜明けの薄明りのなかでヘッドライトがゆらめいた。エリックはやり過ごそうと道の端に寄ったが、意外にも車はスピードを落とし、突然止まった。

頭のなかで警告音が鳴り響く。嘘だろ？　ポルシェ991　GT3。デミの父のガレージにあったのと同じ黒だ。ほんの数時間のあいだにこの車を二台も目にするとはどういう偶然だ？　車に近づくと、運転席にボイド・ネヴィンスが座っているのが見えた。

ボイドは妙に親しげな笑みを浮かべながら窓を下ろした。「やあ、エリック、おまえだったか」

エリックは彼を見つめた。おかしな話だ。ボイドの家は貧しくはないが、ポルシェGT3を買えるような家ではないはず。もっとおかしいのは、彼が声をかけてきたことだ。ショウズ・クロッシング高校でトラスク兄弟をさんざんいびってきた彼が。

「早いな」とボイドは言った。

「おまえもな」

「朝の四時半にどうしたんだ？」

「車が走れなくなった」

「あのオンボロじゃ無理もないな。乗せてやろうか？」

エリックは驚いて彼を見つめた。「なんでそんなこと言い出すんだ？」

ボイドはまたあの妙な笑みを見せた。「なあ、たしかに高校時代はおまえら兄弟にばかなことをしたが、何年もまえのことだ。おれは変わった。人生経験ってやつだ。人は成長する。そうだろ？」

エリックは黙って彼を見つめた。昔から、成長なんてしそうなタイプには見えなかった。

「オーティスのところに帰るんだろ？　ヴェンセル通りの。そのテキーラ一杯と引き換えに分岐点まで乗せていってやるよ。それで六マイルぐらいは歩かずにすむ」

エリックは手に持った壜を見た。このテキーラはもう飲みたくない。壜をボイドに渡した。

「どうも」ボイドはコルクを抜いて大きくひと口飲んだ。

乗れよ」

「そいつを飲みながら運転するのか？　まずいぞ」

ボイドの笑い声は少し大きすぎた。「おいおい、ひと口だぜ。かたいこと言わずに乗れよ」

エリックはボイドを見てからデミの家の方向を見た。できるだけ早く、〈モンスター〉をヴォーン家から運びたかった。だが歩きでは、オーティスの家に帰りつくまでに二時間以上かかる。その後、オーティスかアントンかメースの助けを得るのにさらにかかる。

そのころには間違いなくデミの両親が帰宅しているだろう。あんなふうにデミを怒らせたから、また彼女が会ってくれるかどうかはわからない。もし会ってくれるのなら、自分の立場を守ることには意味がある。

だが会ってもらえなかった場合は、彼女の家のすぐそばにガラクタを放置して両親を怒らせようと知ったことではない。たとえ不要なトラブルを引き起こそうとも……。だめだ。これ以上誰にとっても悪い事態になるまえに行動しなければ。

ポルシェのドアを開けて乗り込んだ。「ありがとう。助かるよ」

「気にするな」ボイドは答えた。

車は急発進した。豪華な内装のにおいがエリックを包む。しみひとつないクリーム色の革。ボイドは頭をのけぞらせてテキーラをあおった。

「おい、ほどほどにしろよ。壜を渡せ。持っててやるから」

「心配するな」ボイドは壜を脚のあいだにはさんだ。車はさらにスピードを上げ、ハイツの坂の下の急カーブをタイヤを鳴らして曲がり、ショウズ・クロッシングの中心部に向かう大通りを走った。「もうひとつ頼みがある。電話を貸してくれないか？　かけなきゃいけないところがあるんだが、おれのはもう一方の車に置いてきてしまった」

「こんな時間にどこにかけるんだ？」

ボイドはエリックを見て言った。「貸してくれるのか、くれないのか？」

エリックは携帯を取り出した。ボイドはそれをつかむと番号を入力し、相手が出るのを待ちながらさらにスピードを上げた。

「おい！　ボイド！　スピードを落とせ！」

「落ち着け」ボイドは電話を耳に当てたまま言った。「ちゃんとコントロールできてるから」

エリックはシートベルトを締めた。ボイドは時速七十五マイル（時速約百二十キロ）でダウンタウンを走り抜けている。幸い通りに人はいない。クスリをやっているのだろうか？車に乗るまえにその可能性を考えればよかったとひどく後悔した。

なんてざまだ。あの家を出てきたと思ったら、またもや判断力のなさを露呈してしまった。知らぬ相手ではなく、顔なじみのろくでなしの車に乗るとは。そのろくでなしは、完全にラリっていることがいまはっきりした。

ああ、自己最高記録の失敗だ。

「ああ、おれです」ボイドは電話に向かって言った。「ああ……はい。あと少しで着きます。ええ、もちろん……はい……あとで」

終わってもボイドは電話を返そうとしなかった。持ったまま、さらにアクセルを踏み込んだ。開いた窓から冷たい風が入ってくる。道は下り坂で、いま車は猛スピードで坂の下の交差点に向かっていた。交差点の信号は赤だ。

「ボイド！　スピードを落とせ！」エリックは叫んだ。

車は信号を時速九十五マイル（時速約百五十キロ）で走り抜けた。ボイドは頭をのけぞらせ、喉から低いうめき声をもらした。車は跳ねるようにして、ケトル・キャニオン・ナロー・ブリッジの鉄の道路に乗った。開いた窓から入る風がエリックの耳元でうなり声をあげる。

「何考えてるんだ」エリックは叫んだ。「止めろ！　降ろしてくれ！」

「ビビるなよ」ボイドが叫び返した。「こいつが最大限に力を発揮したらどうなるか、見たくないか？　見るならハイウェイを走らなきゃ」

「ごめんだ！　降ろせ！　電話も返せ！」

ボイドは高笑いしながら、電話を窓の外にほうり捨てた。電話は欄干のすきまからケトル・リヴァーに落ちていった。

　くそったれ。こいつはイカれてる。

　車はハイウェイの入口に向かって猛スピードで走り、エリックは顔を近づけてスピードメーターを見た。時速百五……いや、百十、百十五。二車線の道路を大きく蛇行する。無理にハンドルを奪えば、石の壁にぶつかって跳ね返されるか、ガードレールを突き破って反対車線の崖から真っ逆さまに落ちることになるだろう。

　エリックは、チャンスがあればすぐにハンドルを握れるよう、座り直した。そのとき、ボイドの手が不自然な白さなのに気づいた。ラテックスの手袋をしているのだ。

どういうことだ？

だが考える暇はなかった。車は猛スピードのまま、タイヤを鳴らしながらきついカーブを曲がった。町から十マイル離れたペイトン州立公園を示す標識を通り過ぎた。ハイキングコースの起点となっている駐車場に入るための脇道が見えた。エリックは、道路が広くなる箇所にさしかかった瞬間にハンドルに飛びつこうと身構えたが……。

その直前にボイドが思い切りブレーキを踏んだ。ポルシェは一回転と少ししてから音を立てて岩の壁にぶつかり、跳ね返された。

ボイドはへこんだ車を道路に戻し、最後の最後で駐車場への脇道に入った。

ポルシェは駐車場に一台だけ止まっていた黒いピックアップトラックの隣に止まった。ボイドは野生動物のように歯をむき出しながら激しく息をついていた。

エリックを見つめる彼の目にはまぎれもない憎悪の炎が燃えていた。

「ボイド」エリックは落ち着いた低い声を保って言った。「クスリをやってるのか？」

「うるさい。黙れ」ボイドはドアを乱暴に開けてよろよろと外に出た。テキーラの壜を高く上げて開いているドアに向かって振り下ろした。

ガラスが割れ、かけらが車のシートに散らばった。ハンドルや革の内装に酒がしみこむ。エリックはドアを開けて降り、ボイドに応戦しようと構えた。

だがボイドは向かってこなかった。青い虹彩のまわりの白目がむき出しになるほど目を大きく見開いて、黒いピックアップのほうにあとずさりした。よろめきながらドアハンドルを手探りで見つけ、ドアを開けてピックアップに乗った。

モーターがうなり、ライトがついた。ピックアップはバックで急発進してから切り返しで向きを変え、重い音を立てながら減速用のこぶ（スピードバンプ）を乗り越えて走り去っていった。

エリックは呆然としてそのあとを見送った。ショックのあまり動けなかった。ピックアップのモーター音がさらに大きくなり、ボイドはハイウェイをショウズ・クロッシング方面に戻っていった。やがて音は小さくなり、静寂に変わった。

エリックはなんとか冷静になって、自分の置かれた状況を見極めようとした。

最悪だ。自分のものではないテキーラまみれのひしゃげたポルシェとともに、ペイトン州立公園に置き去りにされている。電話も手がかりも何もない。いま起きたことはいったいなんだったんだ？

ふたたびポルシェのドアを開け、ダッシュボードの下のコンパートメントから登録証を探し出した。

所有者はベネディクト・ジェームズ・ヴォーン。ショックがゆっくりと薄れ、恐ろしい事実がはっきりしてきた。

ヴォーンの罠だったのだ。彼がボイドをけしかけたのだ。この週末に行動を起こさざるをえない状況にエリックを追いやり、デミをひとり残して留守にした。ふたりきりになれるチャンスを逃さないであろうと知ってのことだ。

なんて卑劣なんだ。エリックを危険だと思うなら、家に張りついて大事な娘をショットガンで守るべきだ。それを、餌として利用するとは。とんでもない男だ。人間のクズだ。

自分よりもデミのために激しい怒りを覚え、気分が悪くなった。

車のまわりを歩いて落ち着こうとした。すでに警察がエリックを探して動きだしているだろう。警察署長のブリストルはオーティスの後任者だが、オーティスがエリックのために口利きをしてくれることはない。それについてはこれまでにはっきり釘を刺されている。

自分で始末をつけなければならない。

町に帰ったら冤罪に立ち向かうことになるだろう。選択肢としてまず考えられるのが、ポルシェの鍵を持って歩いて帰ることだ。警察に直行して何もかも話し、理解と慈悲が得られることを祈る。だがその場合、こっちが何時間もかけて歩いているあいだに敵は先手を打つだろう。車が盗まれたと通報され、話をでっちあげられてしまう。

第二の選択肢は、最寄りのガソリンスタンドまでポルシェに乗っていき、公衆電話から警察に連絡して何があったかを説明することだ。速さの面ではこっちのほうがいい。無実を訴えるために速く動けば、その分有利になる。

だが、そもそもこの車を運転するよう仕組まれているのであり、そのこと自体が罠になる。車体はへこみ、窓は割れ、車内は酒まみれ。そんな車を運転しているところを見られたり止められたりしたら一巻の終わりだ。

どちらの選択肢も問題ありだった。だがここでぐずぐず悩んでいたら、ますます状況は悪くなる。

よし、公衆電話に向かおう。ガソリンスタンドだ。

動け、いますぐ。テキーラがしみこんだ革シートからガラスを払い落とし、キーをイグニッションに差し込んだ。ふだん乗り慣れている〈モンスター〉が咳やうめき声やしゃっくりみたいな音をたてるのに対し、ポルシェの強力なエンジンが出す低くやわらかい音は振動するように体に伝わった。だがそれを楽しんでいる暇はなかった。

デミが知ったときのことを想像した。すべては彼女がおれを嫌うように仕組まれたことだ。おれを危険なサイコパスに見せるために。

激しい怒りにとらわれていて、うしろにいる車に気づかなかった。気づいたのは、衝撃とともに道路の外に押し出されそうになったときだった。

車を立て直し、離れようと速度を上げてヘアピンカーブを抜けた。アーミーグリーンの大きなハマーがぴったりうしろについていた。ドスン、ドスン。なんてことだ。

本気でエリックを道路から押し出そうとしている。くそっ。ドスン。

今度はなんとかとどまった。追跡者から逃れるため、さっきのボイドに負けないスピードで走っていた。ハマーが片側にぶつかってきて、ポルシェはガードレールに当たってはじかれた。エリックはハンドルを切ったが、切りすぎだった。ポルシェは露で濡れたアスファルトの上で尻を振り……。

ガシャン。今度の一撃は強烈だった。エリックはまたガードレールにぶつかって……。

突き抜けた。そして崖のふちを越えた。

世界がひっくり返り、目のまえを緑が走り抜け、枝が折れ……。岩や土が急斜面を落ちて、車の底に当たる音がする。

ぐいっと引かれる感覚とともに、急に落下が止まった。窓の外には何もない。はるか下に枝が見える。エリックは逆さまに宙づりになっていた。急斜面にしがみつくように生えている若木の木立が、ポルシェを止めてくれた。運転席側が下を向いており、その下は何もない空間が広がっていた。

遠く下のほうから水の流れる音が聞こえてくる。男たちの声が近づいてきた。エリックをそこに繋ぎ止めているのはシートベルトだけだった。ひとりは鼻にかかった高い声で、もうひとりは低く大きな声だった。

「やつのとどめを刺して……」高い鼻声のほうが言った。

低いほうがうなるように何やら言った。

「なんだってかまやしない。岩でぶん殴ろうと首をへし折ろうと締めあげようと、好きにしろ。とにかく終わらせるんだ」

またしても、聞きとれない低い声。

「おれがそう言ってるからだよ、この間抜け野郎」いらだっている。「下りろ。さっさとやれ」

その意味が理解できるまでに一分かかった。理解できると、エリックはドアを開けようと奮闘しはじめた。ぶつかった衝撃でゆがんでいたが、脚で蹴ったり突っ張って力を込めたりしているうちに動くようになった。

ドアはゆっくり開き、真下に向かってぶらさがった。その重みと衝撃で車が動き、急斜面をさらに滑り落ちた。別の木立に引っ掛かって止まったが、木はまえのものより細く、車を支えていられそうには見えなかった。すでに折れて曲がっているものもあり、いまにも耐えきれなくなりそうだ。

エリックは瞬きをして目から血を払い、眼下の空間を見つめた。岩だらけの急斜面までだいぶ距離がある。飛び降りても、地面で跳ね返り、そのまま斜面を滑り落ちるだろう。さえぎるものもなく、速度を増しながら転がり落ちていくだけだ。斜面が終わったあとは、渓谷の底までまっさかさまに落ちることになる。

そうなるか、斜面をこっちに向かってそろそろと下りてくるふたり組に殺されるかのどちらかだ。いまのエリックには、男たちと戦う元気はない。

心の目にデミの姿が浮かんだ。滝での姿。黒い豊かなまつ毛に水滴が光っている。

美しい笑顔が、遠くの星のように輝いて見えた。

エリックはシートベルトをはずして、落ちた。

# 16

「彼はあなたを利用したのよ」エレイン・ヴォーンは声を詰まらせた。「かわいそうに。そうでなければどんなにいいかと思うけれど、それが真実なのよ」

「警告したはずだ」父の顔は怒りでまだらに赤くなっている。「あれだけ言ったのに、おまえはあの男の罠に飛び込んだ」

デミはぼんやりとふたりを順に見てから、一緒にキッチンに入ってきたブリストル署長に目を向けた。「エリックが……何をしたですって？」

「聞いただろう。やつがおまえを誘惑したのはこの家に入り込むのが目的だったんだ。わたしのこの家にな。どうせおまえは家のなかを案内してまわったんだろう。エレイン、宝石箱は確かめたか？　わたしはまだ金庫も確かめていない」

「ベン、お願いだからいまはやめて」

「こそこそと入り込んでおまえと楽しんだあと、キッチンのボードからキーを取ってわたしのポルシェを盗んだんだ。それが事実だ」

「そんな……信じないわ」デミは呆然としたまま言った。「そんなの……ありえない」

「信じなきゃならん！」父はどなった。「やつはポルシェの残骸のなかで見つかったんだ。いや、下だ。とにかく、渓谷の底で見つかった。車が木に引っ掛かったときに開いたドアから落ちたんだ」

デミははっとして息を吸った。「怪我は？」

「ふん」ベネディクトは鼻で笑った。「おまえが考えられるのはそれだけか」

デミはブリストル署長から視線を離さずに返事を待った。

「大怪我をしているよ」署長が言った。「脳震とう、肋骨と手首の骨折、それにあちこち傷だらけだ。命を落とさなかったのが不幸中の幸いだね。衝突か落下で死んでいてもおかしくないが、死ななかった。回復するよ」

「塀のなかでだがな」ベネディクトがつぶやいた。

「いまはどこですか？　町にいるんですか？」

「いや、内臓損傷の疑いがあったからグレンジャー・ヴァレーの外科病院に運ばれた。

結果的にはその必要はなかったんだがね。内臓は無事だった」

「ついてないな」父がうなるように言った。

「やめてったら」エレインの声は鋭かった。「面倒が起きるのはもうたくさん」

「面倒をこの家に招き入れてベッドに連れて行ったのはデミだ。そのうえ車のキーを置いている場所まで見せた」

「意識は？」デミは割り込んだ。

「だめだめ」母があわてて言った。「会っちゃだめよ」

「ママ、わたしはただ彼と話を――」

「だめに決まってるだろう。もうたくさんじゃないか。あの男は腐っている。車の残骸はテキーラまみれだった。おまえが妊娠したり悪い病気をもらったりしていないことを祈るよ」

「黙ってよ、パパ。いやな言い方」

「まだわたしに口答えするのか？　あれだけのことをしておいて」

ブリストル署長がため息をつきながらコーヒーのカップを下ろし、立ちあがった。

「落ち着いてくれ」それからデミに向かって言った。「エリックに会おうと思うな。いま、彼は強い鎮静剤を打たれている。それから素直に認めなさい。いま彼と話したところで、聞く価値のあることを聞けると思うか？」

デミは言い返そうとしたがやめた。何も考えられなかった。

「ほうっておくんだ」署長は言った。「この場合はそうするのが一番だ。彼のことは忘れてまえへ進みなさい。きみの人生はまだこれからなんだから」

「そうよ、それが一番」とエレインが言った。「しばらくデミを連れて町を出ます」

「デミには供述をしてもらわないとならない」署長は厳しい声で言った。

「ええ、すぐに。それが終わったら、わたしの妹のヘレンがいるニューヨークに行きます。ロングアイランドに別荘を持ってるんです。海沿いの別荘でゆっくりするのがいいと思って。デミに何かご質問があれば、電話をください。あとからパパも来るわ、デミ。いろいろと……やることが片付いたら」

「やることって？」デミは振り向いて父を見つめた。

「署長がおっしゃったでしょ。ほうっておきなさい。大変な騒ぎだから町はしばらくこの話で持ちきりになる。あなたはそれに関わらなくていいの」

「盗難にあったのはわたしだ」と父が言った。「わたしが告発する。おまえは姿を消せばいい。頼むから行ってくれ。おまえの顔は見たくない」

「やめて、ベン」母は夫を制してからまたデミに言った。「警察での供述が終わったらニューヨークに向かいましょう。ブロードウェイの舞台をいくつか観て、五番街で買い物をするの。ふたりだけで。何もかも忘れるために。それから、ブリッジハンプトンのヘレンおばさんの別荘に行きましょう。ゆっくりできそうじゃない?」

「でも、仕事が――」

「レリーンにはもう話してあるの。わかってくれたわ。彼女も、そうしたほうがいいって。仕事のことは心配しないで。気にしなくて大丈夫だから」

デミは両親を見つめた。父は顔をしかめ、母は心配そうに眉根にしわを寄せている。母の唇が動いているが、何を言っているのかデミの耳には入ってこなかった。

心に大きな壁ができ、音はその向こうに消えていた。

いまのいままで何も感じられなかった。自分には関係ないテレビの番組を見ているかのようだった。いま、体が凍りつくような勢いで事実が襲ってきた。

父がまた何かどなっているが、なんのことだかわからないし、わかろうとする気にもなれなかった。ブリストル署長が落ち着けと身振りで示しながら早口で何か言っている。

〝おれと一緒にいるところを思い描いてくれ。すてきじゃないか〟

〝彼はあなたを利用したのよ〟

〝やつはポルシェの残骸のなかで見つかった〟

〝書斎の椅子に座って、きみに口でやってもらってもいいな〟

〝車の残骸はテキーラまみれだった〟

〝愛していると言ったのは本気だ〟

言葉が頭のなかを跳ねまわったが、見えるのは滝までハイキングをしたあと車のなかでデミを抱きしめたときの彼の顔だけだった。愛していると言ったときの、生の感情が光っていたあの目。

包帯を巻かれて病院のベッドに横たわっている彼の姿が目に浮かぶ。あざと傷だらけで鎮静剤で眠らされている。手錠でベッドの手すりにつながれているかもしれない。

〝おれはまだきみと逃げたいと思ってる〟

わたしもそうしたい。そうしたくてたまらない。だが彼のせいで、それは永遠に叶（かな）わぬこととなった。輝かしい夢が消えた。彼は自分を罰することでデミをも罰したのだ。

悪意に満ちているし残酷だし、自分の身の破滅を招いたわけだが、もし彼がそうまでしてわたしを心の奥まで傷つけたかったのなら……目的は達成された。

「供述が終わったら、荷造りして出発するわよ」母がわざとらしい明るい声で言っていた。「チケットももう用意してあるのよ。明日の朝出発の便よ。今夜はシータック空港のホテルに泊まりましょう」

デミは父に向き直った。質問が口からこぼれ出た。「パパは彼のことをすごく嫌ってた。今回のことが起きるまえから。何が気に食わないのか、言えるもんなら言ってみてよ！」

「言葉に気をつけろ！　わたしの評価が正しかったことは充分証明されたじゃないか！」父はブリストルにすばやく視線を向けてからまたデミを見た。

「デミ、わたしたちは別に嫌ってるわけじゃなくて——」

「嘘よ」デミは父を指差した。「この人は嫌ってる。こんなことになるまえも、エリックとデートすることに怒り狂ってたわ。何を隠してるの、パパ？　お願いだから話してよ」

「デミ、理解できないかもしれないけれど、女ってこういう過ちを犯してしまうものなの。男性本人じゃなくてその人の可能性にほれてしまう。才能があって魅力的で大きな可能性を持っている人でも、修復がきかないほど壊れてしまうことがあるのよ。脳に穴が開いたみたいに。本人を責めることはできない」

「責めることができなくても刑務所に送るんでしょ？」

「あたりまえだ！」父が口をはさんだ。「あいつは危険だ。わたしのものを盗んだんだからな」

「可能性にほれるとか脳の穴とか、ママが言ってるのはエリックのことじゃないわ」母を見つめながらデミは言った。「パパのことよ」

「デミ！」母の目が丸くなった。「なんてこと言うの！」

「生意気だぞ！」椅子をきしませながら、父が真っ赤な顔で立ちあがった。

「ママとわたしは似たもの親子なのよ。ふたりともだめな男に弱いの。酒飲みで癇癪持ちで隠し事があって、おじいさまとのあいだに確執があって。それに使い捨て電話でよく謎の電話を受けている。タコマ配送センターでお金が消えたのも――」

「やめなさい！」母が叫んだ。「わたしたちを攻撃するのはやめて、デミ。あなたを守ろうとしているだけなのよ！」

「そうじゃないわ、ママ」デミは疲れ切って空虚な気分になっていた。「ママが守ろうとしているのはパパよ」と父を指差して言った。「ずっとそうだった。おじいさまから、パパ自身から、そしてわたしからも。脳に穴が開いてるからよ。スイスチーズみたいに穴だらけなのよ。それを見破っているわたしを、パパはまえから嫌っていた。パパのことはお見通しよ。そうなんでしょ、パパ？　だからわたしに罰を与えずにはいられないんだわ」

「違う、そんなことじゃないわ！　おかしなこと言わないで」母はすがるような目でブリストル署長を見た。「こんなことをお耳に入れてすみません。この子は気が動転して――」

「わたしは何も聞いていないよ」署長はコーヒーを置いて立ちあがった。「帰るとしよう。家族で話を続けてくれ」

署長は、毒を含んだヴォーン家のもめごとから一刻も早く離れようと、足早にポーチの階段を下りてピックアップに向かった。

母は不吉な沈黙を埋めるようにしゃべり続けた。デミにもその声は聞こえていたが、言葉の意味が脳に届くまでしばらくかかった。「あまり時間がないわ。あなたは供述もしなきゃならないから、すぐに荷物をまとめて車に載せておきましょう。いいわね？」

デミはしばらく母を見つめてからロボットのようにうなずいた。

何をしたって最悪な気分になるのは変わらない。どこに行こうと同じだ。ブリッジハンプトンの別荘なら、海を渡らずにエリック・トラスクからできるだけ離れるには最適だ。

ちょうどいい。

エリックは意識の表面に浮かびあがろうとしたが、そのたびに新たな注射によって引き戻された。すべてがエリックの周囲で、エリックがどうにもできないところで起きていた。悪いことが。

途中、なんとか目を開けることができた。一瞬こちらを見下ろしているオーティスが見えた。しわだらけの顔は土気色で、目は悲しみと心配で赤くなっていた。

医師や看護師が見えたこともある。エリックに何かしていた。ひどく痛かった。

最後にやっと、目を開けたままでいられるようになった。あたりを見まわすと、機械と点滴のスタンドが見えた。病院のベッドだった。片方の腕にギプスがついていた。点滴の袋から出ている管は、もう一方の腕に刺された針につながっていた。エリックは起きあがるためにその腕を体の下に移動させようとした。

「やめておけ」うしろから声がした。「動くな。しっかり治さないとな」

声のほうを見ると、点滴スタンドの向こうの椅子にブリストル署長が座っていた。

「署長」エリックの声はかすれていた。舌が腫れて乾いている。

「やっと目が覚めたな。毎日様子を見に通ったんだぞ。わたしがいるときに目を覚ましてほしくてな。そのほうが都合がいい」

「そうでしょうね」エリックは言った。話したとたんに咳き込み、肋骨がパイプで殴られたみたいに痛んだ。

咳がおさまると、小声で言った。「オーティスは?」

「ここにいたが、帰ったよ。もう来ないそうだ。きみが生きているのを確かめに来たんだが、ひどく腹をたてている。自分でなんとかしろと言っているよ」

「わかってます」

「オーティスらしいよ。頑固者だからな。メースとアントンは町にいるあいだは毎日のように来ていたんだが、メースは召集がかかり、アントンもDJのツアーに出なければならなくなった。アントンはまた来るそうだ。おっと」ブリストル署長は椅子から立ち、起きあがろうとするエリックをベッドに押し戻した。「どこに行くつもりだ？」

「ここを出ないと」エリックの声はうつろに響いた。「出てデミと話さなければ」

「いいや。ここにいるんだ。きみは逮捕されている」

エリックは目を細くして署長を見た。「え？」

「きみには黙秘する権利がある」ブリストル署長はミランダ警告を伝えた。エリックは聞きながら息をしようとしたが、狭い病室の壁が迫ってくるような気がした。「罪状はなんですか？」

「車の窃盗と飲酒運転。困ったもんだ、きみは賢いと思ってたんだが。高校の成績がよかったものだからだまされたよ」ブリストルは厳しい顔で首を振った。「ここから出ようとするな。子猫みたいに弱っているから手錠は必要ないだろう。だがちょっとでもこのベッドから下りようとするそぶりを見せたら、召喚(しょうかん)まで手錠をかけるからな」

「おれははめられたんだ」とエリックは言った。

署長は悲しそうに首を振った。「そう来たか」

「ほんとうです。あの日デミの家にいたのは確かだけど、ベン・ヴォーンの車を盗んでなどいない」

「きみは車の残骸の下から助け出されたんだぞ。車内はきみの血だらけだった。わたしをばかにするんじゃないぞ」

「ほんとうですって。おれの話を聞いてくれないんですか？」

ブリストルは突き出た腹の上で肉づきのいい腕を組んだ。「そのまえに弁護士と話したほうがいいんじゃないか？　きみはまだ鎮静剤が効いている状態だ。きみには弁護士を呼ぶ権利がある。いまは黙って待ったほうがいい」

「おれの話は変わらない。全部覚えてます。いますぐ供述できますよ」

ブリストル署長はエリックの供述を録音し、それが終わると座ったまましばらく壁をにらんだ。

「その主張でいくのか？　ほんとうに？　これまで一度もトラブルを起こしたことの

ないボイド・ネヴィンスが、朝四時半にきみを車に誘い込み、きみの携帯を川に投げ捨て、ペイトン州立公園まで連れて行ったあと、ベネディクト・ヴォーンのポルシェときみにテキーラを振りかけたと言うんだな。そのときにきみの口にもテキーラが入ったってわけだ。血液検査で、体内からアルコールが検出されたからな」

「言ったじゃないですか、デミの家で、彼女と一緒に少し飲んだって」

「そのことは黙っておいたほうがいい。どこまで進んだんだったかな？　ああそうだ、謎の殺し屋たちがきみを道路から押し出して殺そうとしたんだな。きみにも見当のつかない理由で」

「嘘みたいな話だけどほんとうなんです。助手席側のドアにおれの指紋があるはずだ。それにペイトン州立公園の駐車場の、ハイキングコースの入口に落ちてるテキーラの壜のかけらにボイド・ネヴィンスのＤＮＡが残っているはずです。ハイキングコースの看板の真ん前です。ポルシェのうしろを見れば、大きな車がぶつかった跡も見つかると思います。ハマーの色はアーミーグリーンだった。それからおれがガードレールを突き破ったところの道路にも跡が残っているはずです。調べてください。お願いだから」

「鑑識(かんしき)に調べさせるよ。きみを召喚するのはおそらくヘンリー・ショウの親友の判事だ。保釈金は高くなるだろう。回復したらすぐに、グレンジャー・ヴァレー男子刑務所に送られる。時間をかけて真剣に考えろ、エリック。もう充分苦しんでいるのにさらに苦しむのを見るのはつらいが、わたしたちをだまそうとするのはやめろ。だまそうとすれば、わたしにはすぐにわかる。判事も同じだからな」

ブリストルはそう言って部屋を出て行こうとした。エリックは痛む胸になんとか息を吸いこんでかすれた声で言った。「署長？」

ブリストルはゆっくり振り向いた。「なんだ？」

「デミは……デミは大丈夫ですか？」

署長の目が鋭くなった。エリックは訊いたことを後悔しかけた。

「いいや、大丈夫じゃない。魅力的なろくでなしに誘惑され、恥をかかされ、家族ともめているんだ。どんな様子かわかるだろう？」

「彼女に伝えてほしいんです。おれは――」

「だめだ。何があろうとそんなことをする気はないし、そもそもできないんだ。彼女はいないんだから」

「いない？　どういうことです？」

ブリストル署長は冷たく笑った。「きみには関係ない。町を出たんだよ。遠いところにいる。それ以上は言えないね。彼女は二度ときみと話す気はないし、話す必要もない。だから自分のことだけ考えろ。デミのことはほうっておくんだ」

そう言って署長は部屋を出て行った。ドアの閉まる音が、エリックの折れて痛む骨を銃弾のように突き抜けた。

# 17

三週間後

素足で海岸を散歩するのが、このところのデミに唯一耐えられることだった。ときには水に入り、疲れるまで波とたわむれた。それからまた散歩に戻る。こうしていれば母の説教と小言から逃げられた。日焼けして風に吹かれて、痛む目で水平線を見つめる。

あのことを考えないようにしたがうまくいかなかった。彼は愛していると言った。その言葉を聞いたとき、デミはふたりを動かす力を感じた。それがほんものだと、彼も同じことを感じていると強く思った。あの魔法が嘘だったはずがない。

だがそんな強い思いがあったにもかかわらず、エリックはわたしに怒りを覚えたとき、気まぐれに浮かんだ復讐心を抑えられなかった。それほどまでに器の小さい、愚かな人間だったのだ。

なんという悲劇。デミの体調にも影響した。食べ物が喉を通らなくなった。

いま幻滅してよかった——母は何度もそう言う。十年後、子どもが三人できてからでなくてよかった。母は正しい。少なくともこの点では。エリックのことを考えるのをやめられればいいのだけれど。ほんの数秒でいいから。

何時間も太陽の光を浴び、打ち寄せる波を見つめ、風の音を聞く日々。そんな毎日がもたらす疲労感がありがたかった。夜にはワインを二、三杯飲む。母も飲むからデミに文句を言えない。ささやかな幸せだ。

もうすぐ日が沈みそうなころ、デミはタオルとビーチバッグを置いたところまで戻って誰もいない砂浜を見まわした。ほったらかしにしていたビーチタオルとミステリー小説と水のボトルを探すのに時間がかかった。風に吹かれた砂に埋もれていたのだ。

取りあげて砂を払った。そして自転車に乗り、じゃがいも畑と高級住宅地のあいだを格子状に走る道を通って、ブリッジハンプトンの郊外に立つヘレンおばさんの年季の入ったグレーのコテージに向かった。

母のレンタカーの隣に別の車が止まっていた。父が来たのだ。ついに。

つまり、計画は実行され、結果が出たのだ。今日、エリックの運命を知ることになる。まだ心の準備ができていないのに。

だが同時に、知りたくてたまらなかった。

がくがくする脚をしずめ、深呼吸をして心を落ち着かせてからなかに入った。父と母がキッチンのテーブルのまえに座っているのが見えた。デミを見ると、父はスコッチのグラスをテーブルに置いた。

「やあ、デメトラ」父の声はこわばっていた。「ずいぶん日焼けしたな」

「ずっとビーチにいるから」デミはうつろに答えた。「久しぶり、パパ」

キッチンに入り、バッグを置いてから気まずい思いで立ちつくした。

「砂だらけじゃないか」

母が即座に立ちあがった。「すぐに掃くわ」

「そういう問題じゃない、エレイン。問題は、デミがいつものとおり、何も考えていないということだ。自分のこと以外何も考えずに動きまわっている」

「エリックはどうしてるの？」

途中でさえぎられたことにいらだったように父は言った。「どうしてると思う？刑務所に入っている。まったく反省の色がなく、取引きにも応じようとしない」

「なんの取引き？」

「わたしの弁護士は実に寛大な取引きを申し出た。罪を認めれば重警備刑務所で二年。飲酒運転も不問になるし、十年の最高刑よりずっとましだろう。だがやつは無実だと言い張っている。置かれている状況を考えれば愚かとしか言いようがない。少しでも常識があれば取引きに応じるものだ。だがそれがないから、十年の求刑になる。有罪の判決が下れば、少なくともしばらくのあいだ、世のなかは安全になるだろう」

デミは砂だらけの足を見つめた。この瞬間悟った。たとえひと晩でも、父と同じ屋根の下では過ごせない。

「ママ、最終列車でニューヨーク市内に戻ってヘレンおばさんのアパートメントに行くわ。二、三日でシアトルに移るから、そのまえに買い物をしたいの」

「チケットを予約したのは聞いた。だから急いで来たんだ。先に話そうと思ってな」

「その必要なかったのに。感謝祭で会えるわ。それかクリスマスに」

「なんとも娘らしい気遣いだ」父は苦々しげに言った。

デミは冷たい目で父を見た。「かわいげのない娘だと思ってる？　自分が間違ってたと後悔する娘が欲しい？　わたしはまったく悪いと思ってないわ」

「なんてこと」と母が言った。「会って五分も経たないうちにこうなってしまうなんて。我慢できないわ。ベン、約束したじゃないの」

だが父はそれを無視した。「おまえは銃弾をよけられたんだぞ。感謝するべきだ！　警告してやったのに、まだそんな態度を取るのか！」

「こんな態度は生まれつきよ」

「おまえはおもちゃを取られたから怒っているだけだ。エリック・トラスクみたいな男は最初からおまえのおもちゃでしかない！」

デミは階段に向かった。「部屋に行くわ。荷物をまとめなきゃならないの」

「そんなにあいつにチャンスをやるべきだと思うなら、やったらいい」

父の声音に、デミはその場で凍りついた。勝ち誇った声だった。自分に酔っているようだった。振り向いて見ると、父の顔に笑みはなかったがその目は興奮に輝いていた。母は傷ついて恐れているように見えた。

罠が仕掛けられている。恐ろしい罠が。

「どういう意味?」ゆっくり尋ねた。

「いますぐすべてを止められるということだ。おまえがその気なら」父は言った。

「裁判になったらわたしの弁護団があいつをつぶすだろう。最高刑を食らわせる。あるいは……起訴を取りさげてやつを釈放させてもいい」

「なんのために?」疑念は大きくなった。

「ひとり娘の将来を守るためだ」

父の憎悪に満ちた偽善的な口調に腹がたってしかたがない。

「なぞなぞはやめて、ふつうに言って」

「よし。条件を言おう。レストランのインターンシップをあきらめろ。料理学校も忘れろ。ショウ製紙で働くんだ。おじいさんに、いずれ会社を引き継ぐと約束しろ。それからあの男とは二度と関わらないこと。全部従うというならやつを自由にしてやる。自分の人生を壊そうが他人の人生を壊そうがやつの好きにすればいい。ただしおまえとは関係のないところでな」

デミはしばらく開いた口がふさがらなかった。「なんていうか……びっくり」

「いい話だと思うが」

デミはしばらく考えた。「パパのこと、とんでもなく人を操るのがうまい食わせ者だと思っていたけど、ここまでとは思わなかった」

「わたしだったら、そんな憎まれ口はたたかないね。おまえはそんなことを言う立場にない」

「それも条件のひとつ？　生意気なことを言わずお人形みたいな笑顔で一生過ごすのが？」

「いや、そんなことまで期待できないのはわかっている。自分の将来と可能性を台なしにしないということでよしとしよう。おまえのそんなところを見たくないからな。このばか騒ぎに意味があるとしたらそこだ。おまえに、甘やかされた子どもではなく話の通じる大人らしいふるまいをさせることだ」

「いい人ぶっちゃって最低だわ」

「デミったら」母が嘆くように言った。「お願いだからやめて。わたしはこれから一生、いがみあうあなたたちを見て過ごさなきゃならないの？」

父の目は冷たかった。「言うことを聞かせるためなら最低の父親になってやる」

「もう我慢できない」母はワインを飲み干すと、たたきつけるようにグラスを置いてパティオに出て行った。

デミは父を見つめた。信じられなかった。わたしを苦しめるために、ひとりの人間の自由を利用するなんて。わたしを自分の思いどおりにするために。

悪魔の取引きだ。ショウ製紙で働くなんて、退屈で息苦しいだけ。夢とかけ離れている。何よりもやりたくないことだった。でも、エリックが十年間檻(おり)のなかで過ごすのは……。わたしは自分の道を行けばいい。彼のことなど気にせず自由に生きればいいのだ。でも、始終忘れられないだろう。彼が檻に閉じ込められていることを。わたしの手で自由にさせてあげられたのにと考え続けるだろう。そんな人生はつらい。

耐えられない。

エリックがこうなったのは自業自得(じごうじとく)だ。あの嘘つきの泥棒が憎い。自分の夢を犠牲にして助けるほどの価値は、彼にはない。

でもそれは関係なかった。エリック・トラスクを刑務所に入れたまま知らんふりをすることはできなかった。

「わかったわ」自分の声ではないようだった。「パパの勝ちよ」

父の目が勝利に輝いた。「取引きは成立か？」

「ええ」

「インターンの責任者に電話をかけろ。いま、わたしの目のまえでだ。辞退すると言え。それがすんだら、弁護士に連絡して先に進める」

考えるうちにはっきり気持ちが決まった。「パパが先よ」

「デミ――」

「以前、信頼を裏切るようなことをしたんだから。先に弁護士に電話してちょうだい。いやならこの話はなしよ」

父は冷たい目でデミをにらんだ。デミは瞬きもせずににらみ返した。

「わかった」と父は言った。

デミは父のスマートフォンを取って渡した。「西海岸はまだ事務所も営業している時間だわ。いま電話して。スピーカーをオンにしてね」

## 18

刑務所の門が背後でゆっくり閉まっていく。エリックは目が痛くなるような白い空を瞬きしながら見あげた。門が音を立てて閉まると、エリックは車一台走っていない道路を見渡した。

まだ信じられなかった。

その知らせは今日突然やってきた。話があると、刑務所長に呼ばれた。

〝訴えが取りさげられた。釈放だ。幸運を祈る〟

エリックは渡された服を着た。アントンかメースが、町を出るまえに病院に届けてくれたらしい。スウェットシャツ。やせたためゆるくなったジーンズ。ワークブーツとソックス。それだけだ。

スウェットシャツは、山から吹き下ろす冷たい風には物足りなかったが、文句はなかった。あのなかで二週間過ごしたあとでは、吹雪のなかを裸で行けと言われても喜んで出ていくだろう。

ヴォーンはエリックをはめた。すべてが、エリックの話が嘘だと思われるよう仕組まれていた。ボイドのアリバイは鉄壁だった。ポルシェの後部からは、アーミーグリーンの塗料の跡は見つからなかった。駐車場に散らばっていたはずのテキーラの壜のかけらまでもが、鑑識が到着したときにはきれいに消えていた。最初からなかったかのように。

エリックが怪我をして鎮静剤を打たれて病院のベッドで寝ているあいだ、敵には現場を思いどおりに偽装する時間がたっぷりあったのだ。

それなのにいま、エリックは釈放された。何か裏があるに違いない。何度もうしろを振り返った。何が起きてもおかしくない。

頭に銃弾を受けるとか。誰かがおれの死を望んでいる。ヴォーンは卑劣な男だが、それにしてもここまでやるとは思えない。どう頭を絞ってもわからなかった。なぜ殺さなければならない？　おれが義理の息子として有望でないのはわかる。だが殺し屋を差し向けるとは。本気か？

それでも、刑務所よりは外で死ぬほうがましだ。あのなかは逃げ場がない。簡単に死神に見つかってしまう。

門の外でエリックを出迎える者はいなかった。なんの通告もなかったのだから。メースは武装偵察部隊の任務についている。アントンはヴェガスで仕事をしている。オーティスは頑固を貫いている。

アントンは一度面会に来た。面会の終わりに、テーブルの向こうから身を乗り出してささやいた。「もしまずいことになったら、メースとふたりで逃がしてやるからな」

「やめてくれ」エリックは歯を食いしばって言った。「おれが人生をしくじったせいで、兄さんたちまでしくじるようなことはしないでくれ」

「おれは無茶をするのが好きなんだ」アントンは目を輝かせて言い、エリックはそれを見て落ち着かない気分になった。「言ってくれればここをめちゃくちゃにしてやる。気分いいだろうな」

エリックはしばらく想像して楽しんでから首を振った。「まずは通常の手続きに従うよ」

「そのせいでおまえはこんなことになってるんだぞ。ゲームをしたいっていうんならいいさ。すればいい。だけどただのゲームだってことは忘れるな。おまえがその気になったら、信頼できる私設軍がここを叩きつぶしに来る。いつでもな」

アントンの目がここまで輝くのを見るのは久しぶりだった。フィオナをキンボールから逃がしたあの晩以来だった。今回のできごとが、〈ゴッドエーカー〉以降アントンがかぶってきた文明的な仮面を引きはがしのだ。

グレンジャー・ヴァレーからショウズ・クロッシングまでは曲がりくねったハイウェイが二十マイル続いていた。バスに乗る金はない。ヒッチハイクが成功した試しもない。体が大きいせいで警戒されてしまうのだ。

ハイウェイの出口からは道路を通らず、山を越える近道でオーティスの家に向かった。まともな道を行ったら十一マイルだが、これだと六マイルだ。それでも、疲労と事故の怪我とで脚が震えて痛んだ。オーティスの家にたどりついたときにはすでに日が暮れていた。

家はがらんとしていた。オーティスのトラックが消えていて、家のなかは暗い。近づくと、裏に〈モンスター〉が止めてあるのが見えた。タイヤはすべてはずされ、フロントガラスは一面に蜘蛛の巣のような割れ目が広がっている。

ポーチの階段の上に、小さくまとめた荷物が置いてあった。丸めた軍用毛布、防水シート、バックパック。バックパックのなかには水の入った水筒、軍用携行食、マッチ、石鹼、スプーン、ポケットナイフ、そして古い小さな鍋が入っていた。ダッフルバッグにエリックの服が残らず詰めてあった。その上に、エリックのラップトップとタブレット、ケーブル類、ドライブ類が乗っている。それから、書類が入った封筒もあった。パスポート、軍の身分証明書、運転免許証、それに図書館のカードまで入っている。

一番上に、石で封筒が押さえてあった。中身は二十ドル紙幣が七枚、五ドル紙幣が一枚、小銭、オーティスのぎざぎざした字で書かれたメモだった。

〝おまえの給料を現金にした。あの娘には関わるな。おまえからの連絡は迷惑なだけだ　OT〟

玄関のドアを開けようとしてみたが、鍵がかかっていた。楓(かえで)の下にある鳥の巣箱の裏の、板が緩んでいるところを確かめた。オーティスがふだん合鍵を隠している場所だ。鍵はなかった。

家に入ることを歓迎されていないのだ。オーティスはエリックの顔を見たくないのだ。病院で、鎮静剤で朦朧としているときにちらりと見て以来、オーティスに会っていなかった。携行食と水と毛布と金が、オーティスからもらえる最大限の愛のこもった餞別なのだ。

ありがたく受け取ろう。

その晩は、自分を追い出した養父の意思を尊重して、オーティスの所有地のすぐ外の森で野宿した。火をおこし、携行食を食べ、水を飲み干し、毛布にくるまって死んだように眠った。

朝になると、ダッフルバッグとバックパックに荷物を詰め、町までの長い距離を歩きはじめた。ケトル・リヴァーに来ると、オーティスからもらった石鹸で体を洗った。デミの瞳を思い出すまいとしながら青緑の水を見た。デミの指輪の色。

町に近づき道路を歩くようになると、行き交う車はエリックの横を通り過ぎるときにスピードを落とした。みなが、ぽかんと、あるいはじろじろとエリックを見ていく。まるで見世物だった。

誰とも目を合わせないようにしながらバスターミナルに向かった。誰も話しかけてこなかった。

タコマ行きのバスが出るところだった。タコマでラスヴェガス行きのバスに乗り換えればいい。

オーティスに釘を刺されたにもかかわらず、フリーWiFiが使える場所を見つけるとすぐにラップトップでデミに連絡をとろうとした。刑務所からは毎日手紙を書いた。返事は一通も来ていない。

オンラインにつながったが、デミのSNSアカウントのすべてでブロックされていた。教えてもらった番号に電話をかけてみたが、つながらなかった。

ふつうなら絶望の淵に追いやられるところだが、数週間の刑務所生活で、エリックは絶望がどういうものかおおいに学んでいた。刑務所のほこりと灰の味が口のなかによみがえった。

あそこに戻るような危険は冒すまい。話を聞いてくれと彼女に強要することはできない。

バスに乗っているあいだは悪夢を見ながらうとうとした。目が開いているときは窓の外を流れていく風景を眺め、開いていないときは不穏な夢のなかに漂った。ときどきデミの顔が見えた。エリックの車を崖から押し出すハマーが見えることもあった。

あるいは過去のフラッシュバックが起きることもあった。炎、悲鳴をあげる人々。闇のなかの巨大な松明のように燃えさかる木々。

ラスヴェガスに着いたのは朝四時半だった。有り金をはたいてアントンの家までタクシーを使った。インターホンを鳴らして監視カメラを見つめた。

雑音に続いて声が聞こえた。「おい、もう来たのか？　上がってこい」

門が開き、エリックは階段をのぼった。アントンのアパートメントは、砂漠の植物を配した中庭を持つ大きな建物の一角にあった。ムードたっぷりの薄暗い照明が当たったサボテンは、この場にそぐわなくて不気味だった。

アントンの玄関ドアは開いていた。エリックはなかに入ったが、脚の長い赤毛の女性が椅子に座ってサンダルを履こうとしているのを見て立ち止まった。

相当な美人だが、疲れ切っているいまのエリックには、ヒールの高いサンダルとスパンコールのまぶしさが目に痛かった。

赤毛は黒い大きな目をぱちくりさせ、炎のような巻き毛を慣れた優雅な手つきでうしろに払った。「あーら」ハスキーな声で言った。「クリスタル、ちょっと来てごらんなさいよ。あなた、どなた？」

　彼女に負けず劣らず美しいブロンドがキッチンから現われた。こちらはストレッチのきいたビーズつきの黒いドレスを着ており、冷静な目で職業的な関心をエリックに向けた。「こんにちは」

　エリックはふたりを順に見た。「ええと……アントン・トラスクの部屋だよね？」

　女たちは顔を見あわせて笑った。「もちろんよ、ハニー」とクリスタルが言った。

「あなたのせいね、わたしたちがほうり出されるのは。あなた、彼の弟さん？　大きくて背が高くてたくましいところは彼と同じね。あなたのほうがやせてるけど」

「それにホットなところも彼と同じ」赤毛が頭から足の先までじっくり見ながら言った。「すてき」

　螺旋階段の上にアントンが現われた。上半身裸で、ジーンズのボタンを途中までしか留めていないため、筋肉質の体に入れた大きなタトゥーが隅から隅までよく見えた。

　アントンはエリックから、あからさまに彼を吟味している女たちに視線を移した。

「まだいたのか？　車が待ってるって言っただろう？」

「急がせないでよ」赤毛が唇をすぼめながら言った。「こんなにぴったりしたドレスは着るのに時間がかかるんだから」

「ちゃんと着れてるよ、マンディ。おやすみ」

マンディはあきれたように目玉を回した。「意地悪ね。で、この新顔は誰なの？何しに来たの？」

「こいつは長旅で疲れてる」アントンの声は冷たくてよそよそしかった。「お遊びの気分じゃないんだ。帰ってくれ。またあしたがある」

マンディは短くため息をついた。「わかった、消えるわよ。またね。行きましょ、クリスタル」

女たちはエリックに視線を送りながら出て行った。ドアが閉まったあとも、外の通路に響く甲高い笑い声が聞こえた。

エリックは兄を見つめた。「ああいう女を連れ込んでるのか？」

アントンは目を細めた。「おれがどういう相手を選ぶかをいちいちチェックするなよ。おれはクリスタルとマンディと寝ているせいで、崖から落とされたり刑務所にほうり込まれたりなんかしてないぞ」

エリックは疲労感に襲われて、バックパックとダッフルバッグを床に落とした。

「たしかにそうだな」

「そうさ。実を言うと、ふだんここに女を連れ込むことはないんだ。だけど、仕事のあと飲みすぎてホテルのスイートまでたどりつけなかったんだよ。面倒くさくなってさ」

「ホテルのスイート？　なんのためだ？」

「セックスのため」とアントンは説明した。「ダウンタウンにひと部屋確保してあるんだ。だから、いまみたいに女たちをベッドからひきずり出して追い払う必要もない。ホテルなら、起きて自分が出ていけばいいんだから。誰にとっても簡単だし気まずくない」

「冷たいな」

「ああ。だけどさっきも言ったとおり、女性関係でアドバイスする資格はおまえにはないぞ」

エリックの表情を見てアントンは眉をひそめ、バーのほうを示して言った。「さえない顔だな。飲むか？　スコッチ、ウォッカ、バーボン、テキーラ――」

「テキーラはごめんだ」エリックは思わず言った。

アントンはうなずいた。「ビールだな。キッチンに行こう」

　エリックはテーブルに突っ伏した。アントンはエリックのまえに冷たいビールを置き、冷蔵庫からケータリングの残りものらしい軽食の乗った皿を出した。それから、ハムとチーズのホットサンドを作りはじめた。

「食べろ。三十ポンドぐらい減ったんじゃないか？　一発大逆転で人生を取り戻したばかりの男にしてはひどいありさまだ。あの娘のことでか？」

　エリックはビールを見つめた。「携帯の番号は変わってるし、SNSもブロックされた。刑務所から手紙を出したのに一度も返事が来ない」

「そりゃあそうだろう」

「説明したかっただけだ。おれの言い分を聞いてほしかった。それだけなんだ」

「ぐだぐだ言うなよ」アントンは容赦なく言った。「そこはあきらめろ。敵に一点やれ。まだゲームからおりずにすんでるのを喜ぶんだな」

　エリックは首を振った。全身がいやだと叫んでいるが、自分が間違っているとわかっているのに反論するのは愚かなことだ。

「おまえの部屋を用意してある」とアントンは言った。「二階の廊下のつきあたりだ。家政婦にベッドを準備させた。あしたは仕事の面接が四件入ってる。一番早いのでも夕方六時だからまずはゆっくり休め。カジノとクラブの警備の仕事だ。元気になるまでのつなぎだよ。軍での経歴とおれの推薦があるから引く手あまただろう。ショーガールが一番魅力的なところを選べばいい」

「おれがここに向かってるのがどうしてわかった？」

「オーティスに聞いた」

「家に行ったけどオーティスはいなかった。外におれの荷物がまとめてあった」

「あんまり頭に来てるから直接話したくないんだろう。だが、事故のあと死ぬほど心配していたぞ。刑務所に入れられたときはもう終わりだと思ってた」

「おれの話を信じてないんだな。ボイドのこともハマーのことも」

「そうじゃない。ただ理解できなかったんだ。オーティスにすればむちゃくちゃな出来事だったからさ」

エリックは覚悟を決めて尋ねた。「兄さんとメースは？　やっぱりむちゃくちゃだと思うか？」

アントンはグリルの上でサンドイッチをひっくり返した。溶けたチーズがジュージューといい音をたてる。「なあ、エリック。おれたちは〈ゴッドエーカー〉にいたんだぞ。むちゃくちゃを栄養にして育ったようなものだ。それにおれたちはおまえの状況も知っていた。あの娘に夢中だったのをな。それを危険にさらしてまで他人の車で羽目をはずしたいなんて考えるわけがない。それに、これまでの人生でおまえが嘘をついたのは、フィオナを〈ゴッドエーカー〉から脱出させた晩だけだ。あのときだっておまえは嘘をつくのには乗り気じゃなかった。だから、ああ、おれたちはおまえを信じるよ。メースとおれはチームエリックの仲間だ。死ぬ気で立ち向かおう」

エリックは手で目をおおった。目頭が熱くなった。アントンの言葉で、また息ができるようになった気がした。「おれがここに向かっているのをオーティスはなんで知ったんだ？」

「バスターミナルのイルマ・スタッブスが、おまえが切符を買った直後にオーティスに電話したんだ。オーティスはおれに連絡してきて、おまえをどうするか、なんと言ってやればいいかをひとつひとつ指示してきた。いますぐそれをおまえに伝えようとは思わないけどな」

「助かるよ」

「それからまた電話をかけてきて、おまえのために送金したと言ってた。三度めに来た電話では、金がオーティスから送られたものだとは絶対に言うなと口止めされた。おまえの寝室の鏡台の上に千ドルある。オーティスには、おれが話したことを黙っててくれよ。こっちまでとばっちりを食いたくない」

「いまは話したくても話す機会がない」

「ばか言うな。そのうち怒りもおさまるさ。オーティスはいまだに、けじめをつけさせるのが自分の務めだと思ってるんだ。おれたちが高校生だったころと変わらない。うっとうしかったよな」

「ああ、そうだった」

「だけどおれたちは乗り切った」アントンは黄金色に焼けた香ばしいサンドイッチを皿に移して半分に切りながら言った。「オーティスのおかげで、おれたちはビルを爆破することも、人の腹や喉をかっ切ることもなく成長した。オーティスが頑固を貫いたおかげだ。そしてオーティスはいまもそれをやめられないのさ」

「わかってるよ」

アントンはサンドイッチをエリックのまえに置いた。「ついでだが、おれに言わせればオーティスはベン・ヴォーンの野郎を腹の底から憎んでる」

彼はエリックの向かいに座り、しばらく黙ったままエリックが食べるのを見ていた。食べ終わるまで何も言わなかった。

それからビールを流し込むように飲んだあと、ようやく口を開いた。「あいつを殺そう」

あまりにさりげなく言うので、エリックは自分の耳が信じられなかった。一瞬、その思いつきを受け入れてみた。怒りの火に油を注ぐようなものだった。

エリックは火をしずめた。「だめだ。おれたちはそういうことはしない」

「あの男はおまえを陥れてクビにさせた。車泥棒に仕立てあげ、殺し屋に始末させようとした。そして、冤罪で刑務所に送った。とんでもない野郎だ。生きてる価値もない」

「頼むから」とエリックは言った。「その気にさせないでくれ」

「やつがいないほうが世の中はよくなる。メースも同意見だ。やろうぜ」

エリックは首を横に振った。

アントンはいらだったようだ。「覚えているか、〈ゴッドエーカー〉でのこと。フィオナを逃がしたあとだ。おれをむち打ったキンボールを、おまえとメースは殺そうとした。火事が代わりにやってくれなかったら、自分たちの手で殺していたはずだ。それとどこが違う？」

「あのときは、刑務所がどんなところか知らなかった。それに、キンボールを消しても誰かの人生を壊すことにはならなかった。だけどヴォーンには妻と娘がいる。デミにそんなことはできないよ。そうでなくてもずいぶん彼女の人生を傷つけてるんだし」

アントンはうめいた。「おめでたいやつだな。妻と娘といったって、妻のほうはおまえを嫌っているし、娘のほうはおまえを切り捨てて避けてブロックしたというのに」

「デミが悪いわけじゃない。兄さんとメース以外のまともな人間なら誰だって、おれのことを衝動を抑えられない危険な男だと思うだろうから。結局そういうことなんだよ。いまじゃ彼女はおれに怯えてる」

「おれはただごみを取り除きたいだけだ。世の中のためになる」

「おれだってそうしたいさ。だけどそれは、ジェレマイアがおれたちの心のなかで言ってることだ。ここはジェレマイアの世界じゃない。おれたちは終末世界で優位に立とうとしているわけじゃない。社会に溶け込もうとしているんだ。社会のルールに従い、トラブルを避けている。それにおれたちは才能があるから勝ち組だ。オーティスの教えを覚えてるだろう？」

アントンはかすかに笑った。「ああ。どうやらおれたちはつねに説教される運命にあるみたいだな。最初はジェレマイア、次にオーティス」

「おれたちは約束をした。それを守ろう。兄弟みんな、うまくやっていこうよ。〝預言者の呪い〟なんていう言い訳はなしだ。おれらを怒らせるからって相手を殺していたらうまくはいかない。約束を破ることになる」

アントンはビールを飲んだ。まだ納得のいっていない顔をしている。「刑務所でおまえと面会したあとから、あいつを殺すことを思い描きはじめた。腹がたってしかたがなかったからな」

「ああ、おれも同じだ。だがヴォーンを殺して刑務所に入るなんてもったいない。それはははっきり言える。兄さんやメースにはあんな経験をしてほしくないんだ。それにオーティスはどうなる？　おれたちみたいなサイコパスを引き取るのは危険だとオーティスを説得しようとした連中を覚えているだろ？　そいつらが正しかったと証明することになる。オーティスにそんなことはできないよ」アントンは難しい顔になった。「そこはうまくやる。オーティスに知られないように」

「無理だ。ヴォーンの身に何か起きたら、おれたちがしたことだとすぐわかる」

アントンは悔しそうにため息をついた。「わかった。ヴォーンは見逃そう。悪運の強いやつめ。オーティスのためだ。だけどまだ許せない」

エリックはテーブルに肘をつき、また目を手でおおった。兄と目を合わせることができなかった。合わせればばらばらに砕けてしまいそうだ。

肩にアントンの手の重みがかかった。「なあ、呪いなんかくそくらえだ」

エリックはうなずいた。「ああ。わかってる。呪いなんかくそくらえだ」

「呪いはおまえには効かない。今日だってこれからだって。乗り切ろう、エリック。おれたちはその秘訣を知ってるじゃないか」

エリックは目をこすった。「秘訣？　わからないな」

「わかってるはずだ」アントンの指がエリックの肩に食い込んだ。「ジェレマイアの第一のルールだ。忘れたか？　痛みから逃げるな。痛みは人を無敵にする」

エリックは兄を見あげた。共通の過去が、電流のようにふたりのあいだに走った。古い記憶がよみがえる。つらい記憶だ。

エリックは〈ゴッドエーカー〉を出てからの年月のなかに埋もれたものをあえて感じようとした。アントンが言うように、痛みを感じようとした。逃げずにいるのは難しかったが。

〈ゴッドエーカー〉の火の手はつねに上がっていた。死にゆく人々の叫び声は耳のなかで延々と響いていた。煙のにおいと焼け焦げた肉のにおいはいつも心のなかにあった。

それをデミから隠そうとしたが、いつかは隠し通せなくなっただろう。ベン・ヴォーンは、そのいつかを早めたに過ぎない。

〝預言者の呪い〟は長い影を落としている。その影からけっして逃げることができない。エリックにできるのは、いかに自分を甘く見ていたかを卑劣な連中に思い知らせることだけだ。車を盗んだだと？　ふざけるな。他人のクソなど盗むものか。

おれがどれだけのことができる人間なのか、あいつらは知らない。これから世界に知らしめてやる。

デミも知ることになるだろう。
いや、だめだ。彼女のことは考えちゃいけない。
アントンの目をまっすぐ見つめてビールの壜を上げた。「乾杯だ。逃げないことに」
「無敵になることに」アントンも壜を上げた。
ふたりは壜をぶつけあい、ビールをあおった。

# エピローグ

## 七年後

エリック・トラスクは自分のオフィスの壁一面の窓から、朝靄に包まれるゴールデン・ゲート・ブリッジを眺めた。エレボス社のサンフランシスコ本社をここにしたのは、この眺めが決め手だった。

この眺めはエリックをほっとさせてくれる。そうそうあることではない。自分にとって好ましいものを見つけたときは、自分のものにするようにしている。

引き出しのなかで電話が鳴った。集中できる朝のあいだは、メース、アントン、オーティスからの電話しか鳴らないようにセットしてある。だが、この時間に彼らがかけてくるのはめったにないことだった。

指紋認証で引き出しの鍵を開け、電話に出た。「やあ、アントン」

「ブリストル署長がおまえに連絡をとろうとしてる」アントンの声は険しかった。「だけどおまえにつないでもらえないそうだ。携帯もつながらない」

冷たい恐怖がエリックをとらえた。「仕事中は邪魔されないようにしてるんだ。どうした？」

「くそ」アントンはつぶやいた。「それで、こいつをおまえに伝えるありがたい役まわりがおれに来たってわけか」

エリックは椅子に座った。脚の力が抜ける気がした。「言ってくれ」

「ブリストルから電話が来たんだ。オーティスが心臓発作を起こした。時間はわからないが昨夜、家でだそうだ。ＩＣＵに運ばれた」

「具合は？」

アントンはしばらく答えなかった。「だめだった」その声は、低くこもっていて聞き取りにくいほどだった。「亡くなった」

アントンの話は続いたが、エリックには音がどこか遠くに行ってしまったかのように感じられた。耳鳴りがして、アントンの声が聞こえない。うなるような音と割れるような音しかしない。目を閉じると、まぶたの裏に松明のように燃える木が見えた。

「……留守電が残ってたが、すぐには聞けなかった」アントンの声がふたたび聞こえるようになった。

「留守電？　なんだって？」

「自分のを調べてみろ。昨夜二時ごろにおれとメースの電話にメッセージを残してる。おまえのところにも残しているはずだ。聞いてみろ」

確認してみると、午前二時十一分にオーティスからのメッセージが入っていた。

〝もしもし、オーティスだ。帰ってきてくれ。できるだけ早く。全員だ。〈ゴッドエーカー〉のことでおまえたちに話さなきゃならんことがある。電話では話せないことだから、おまえたちが来てから話す。じゃあな〟

オーティスのしゃがれ声を聞き、胸にこみあげるものがあった。

エリックは電話に戻って言った。「聞いたよ。だが意味がわからない」

「おれもだ。朝四時に、クラブでの仕事が終わってから聞いたんだ。それからずっとオーティスに連絡しようとしてた。そうしてるうちにブリストルから電話が来たんだ。病院に担ぎ込まれたときにはもう息を引き取ってたらしい」

兄の声がまた聞こえなくなった。エリックは電話を耳に押しつけて、雑音にさえぎられる声を聞き取ろうとした。手が冷たくなったが、顔は熱かった。炎がうねりとなって顔に迫ってきているかのようだった。目のまえに火花が散っている気がした。

「……夜までには着く。メースは早くてもあしたになる。たぶんあしたの夜だな。いま、ナイロビからの便を予約しようとしている。おまえはいつ帰れる？」

エリックは集中しようとした。「すぐに出れば、今晩遅くには着くだろう」

アントンはためらった。「ほんとうに来るのか？　やっぱりやめると言い出すんじゃないか？　おまえ、あそこを嫌ってるからな」

エリックは顔をこわばらせた。デミ・ヴォーンとその家族との一件以来、そして短いが忘れられない刑務所での日々以来、ショウズ・クロッシングには足を踏み入れていなかった。

だがデミはいないだろう。七年まえに町を出たはずだ。それ以外の、嘘や盗みや殺しをたくらんだ連中に向きあうのはかまわない。向きあって、微笑んでやろう。

「行くよ」自分でも気づかぬうちにそう答え、電話を切った。

ドアをノックする音がした。「入ってくれ」

秘書のひとりのマイロが入ってきた。さっぱりした白いワイシャツに赤い蝶ネクタイをしている。「おはようございます、ミスター・トラスク」彼は、輝きを放つクロームのカラフェとカップの乗ったトレイを作業テーブルに置いた。「コーヒーをどうぞ。朝食を注文しましょうか？」

「いや、いい」

「わかりました」彼はきびきびした動作でタブレットとタッチペンを取り出した。「電話ですが……ウェイド・ブリストル警察署長から三回ありました。至急折り返してほしいとのことです。それから昨夜はクリスティーナ・スパーノ、アストリッド・コール、ローレル・シシンジャー、マーゴット・パジェットからかかっています。このなかで電話番号が必要な人はいますか？」

エリックは首を振った。ここ数週間でベッドを共にした女たちだが、今日はたくさんだ。

「今朝の予定は……まず十時半にアームズ上院議員との会合が――」

「キャンセルしてくれ」

マイロは驚いたようだった。「上院議員に断りを？」

「家族に不幸があったんだ。留守にする。みんなに伝えてくれ」

マイロは息をのんだ。「ミスター・トラスク……それは大変ですね。お悔み申しあげます」

「ありがとう、マイロ。リモートで仕事をするのに必要なものをまとめてくれ。至急頼む。おれは服を取りにいったん家に帰ってからそのまま出発する」

「わかりました」マイロは急いで言った。「すぐにやります」

「ガレージの車を一台使う。正面玄関で会おう」

エリックはエレボスの自社ビルのなかを歩いた。従業員の大半はまだ来ておらず、オフィスは静かだった。だがじきに大勢が出社してきて、蜂の巣のようににぎやかになるだろう。

エリックはガレージに着いたが、メルセデスのSUVと黒のポルシェGT3のどちらにするか決めかねてしばらくそこにたたずんだ。

ポルシェに決めて正面玄関のまえの車回しに出たところで、機器が詰まったプラスティックの黒い大きなスーツケースを引きずりながらマイロが現われた。

エリックはフロントトランクを開けた。マイロがスーツケースを積み込んでから、窓に近づいた。エリックは窓を開けた。「お気をつけて、ミスター・トラスク」

「そうするよ。ところで、マイロ」

「はい?」

「煙のにおいを感じないか?」

マイロは目を細めてあたりのにおいをかいだ。「松のにおいしかしません。昨夜雨でしたからね」

「そうか」エリックはつぶやきながら窓を閉めた。「じゃあ」

七年まえの出来事を考えると、黒のポルシェGT3 991でショウズ・クロッシングに乗り込むのは賢いやり方ではないだろう。車を発進させながらそう考えた。相手を侮辱する行為だ。いかにも挑発的で、正気の沙汰ではない。

だがくそくらえだ。やるべきことをやるだけだ。

オーティスは許さないだろう。だがそのオーティスはもういない。

毒をもって毒を制すのだ。

# 訳者あとがき

濃厚なラブシーンと手に汗握るサスペンスを見事に組み合わせたロマンティック・サスペンスで日本でも多くのファンを魅了しているシャノン・マッケナ。代表作のマクラウド兄弟シリーズが十一作目を最後に幕を下ろしたときには寂しい思いをした読者も多かったのではないでしょうか？

そんな以前からのマッケナファンはもちろん、はじめて彼女の作品を手にとるという皆さまにも楽しんでいただける新しいシリーズの登場です。

今回のシリーズも、ストーリーの中心となるのはそれぞれにたくましく魅力的な兄弟と、彼らを取り巻く人々です。終末思想を軸とするコミュニティー〈ゴッドエーカー〉のなかで、リーダーであり母の再婚相手であった〝預言者〟ことジェレマイアから特異な教育を受けながら育ったトラスク三兄弟。おかげで人並はずれたサバイバル能力を身につけています。

ですが、キンボールという男がコミュニティーに加わってからというものジェレマイアは変わってしまい、常軌を逸した行動が多くなりました。そしてある日〈ゴッドエーカー〉で大火事が発生し、ジェレマイアをはじめメンバーのほとんどが亡くなってコミュニティーは消滅しました。生き残ったのは兄弟と、彼らが火事の少しまえに〈ゴッドエーカー〉から脱出させた、キンボールとの結婚を強要されていた少女の四人だけ。

その後兄弟は近くの町ショウズ・クロッシングの警察署長オーティスの養子となり、彼のもとから高校に通い、一般社会のなかで生活するようになりました。しかし、かつて町で短期間のうちに起きた不審な連続死が〈ゴッドエーカー〉に関係していると信じる町の人々は、その出来事をジェレマイアにちなんで〝預言者の呪い〟と呼び、彼が亡くなったあとも、生き残ったトラスク兄弟を呪いの体現者と見て疎んじ、一線を引いています。

本作のヒーローは、そんなトラスク兄弟の次男エリックです。高校卒業後に海兵隊に入りいったん町を離れたエリックですが、いまは兄弟のなかでただひとりショウズ・クロッシングに戻っており、アプリ開発事業を立ち上げるという夢の実現に向け、寝る間も惜しんでいくつもの仕事をかけもちしながらお金を貯めています。

それなのに、仕事の合間にけっして安くはないサンドイッチ店に足しげく通ってしまうのは、そこでアルバイトをしているデミ・ヴォーンに惹かれているから。

デミは町で一番の有力者一族のひとり娘で、家族が経営する製紙会社を継ぐことを期待されています。それをわかっていながらも、彼女の将来の夢はまったく別のところにありました。自分のレストランを開くこと。それがデミの夢でした。

そのために勝手にカレッジの専攻を変えたり有名レストランでのインターンシップを決めたり料理学校に通う計画をたてたりして、家族と衝突を繰り返しています。そんななか、高校生のころから惹かれていたエリックに誘われて熱いひとときを過ごしますが、相手が〝預言者の呪い〟をもたらしかねないトラスク兄弟のひとりとあって家族の怒りは倍増、とくにもともと折り合いの悪かった父からは猛反対を受け、父娘の関係は一触即発状態に陥ります。

一日も早くショウズ・クロッシングの実家を出て大都市で自活しようと心に決めるデミですが、一方で、始まったばかりのエリックとの仲にも未練が残り……。立ちはだかる障害をまえに、エリックとデミの愛の行方は、そしてデミの夢はどうなるのでしょうか？

著者のシャノン・マッケナは、イェール大学を卒業後、短期の会社勤めを繰り返しながら執筆もしつつ、シンガーとして活動していたという変わり種です。イベント出演時に出会ったイタリア人ミュージシャンとひと夏の恋に落ちた彼女は、一年経っても彼のことが忘れられず、ニューヨークでの生活を整理して右も左もわからないイタリアに渡りました。

以来、彼、ニコラとともに南イタリアで暮らしています。彼女の人生そのものがまるでロマンス小説のようではありませんか。自らを〝ばくち打ち〟と称する彼女。次々と情熱的かつスリリングな作品を紡ぎ出すことができるのも、そんなエネルギッシュな彼女だからこそなのかもしれません。

シリーズは現在四作目までが刊行されており、この夏には五作目の発売も予定されています。一作目である本作はシリーズのプロローグ的な位置づけとなっていて、若き日のエリックとデミのロマンスを情熱的に描く一方で、ショウズ・クロッシングに漂う不穏な空気をこれでもかとにおわせています。

続く二作目もヒーロー、ヒロインは同じエリックとデミ。七年ぶりにショウズ・クロッシングを訪れたエリックは、とっくに町を出たはずのデミと思いがけず再会し……。一作目で提示された〈ゴッドエーカー〉をめぐる謎が少しずつ明らかになり、さらに登場人物の命を脅かすような事件が次々と起こって、本格的なサスペンスの様相を呈してきます。もちろん、ホットなラブシーンも相変わらずで、シャノン・マッケナの本領発揮というべき作品となっていますので、どうぞお楽しみに。

二〇二一年四月

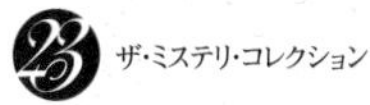


# 危険すぎる男

2021年 6月20日　初版発行

著者　シャノン・マッケナ
訳者　寺下朋子

発行所　株式会社 二見書房
東京都千代田区神田三崎町2-18-11
電話 03(3515)2311［営業］
03(3515)2313［編集］
振替 00170-4-2639

印刷　株式会社 堀内印刷所
製本　株式会社 村上製本所

落丁・乱丁本はお取り替えいたします。
定価は、カバーに表示してあります。

ISBN978-4-576-21074-2
https://www.futami.co.jp/